DICO & ALICE

E A AVENTURA NO BELUCHISTÃO

CARLOS FIGUEIREDO

Pesquisa, organização, notas e posfácio:
LEONARDO NAHOUM

Editor: Artur Vecchi
Organização, pesquisa, notas e posfácio: Leonardo Nahoum
Projeto Gráfico: Vitor Coelho
Ilustração de capa: Tibúrcio
Diagramação: Luiz Gustavo Souza
Revisão: L. N. Pache de Faria

1ª edição, 2024
Impresso no Brasil/ Printed in Brazil

Dados Internacionais de catalogação na Publicação (CIP)
(Câmara Brasileira do Livro, SP, Brasil)

F 475

Figueiredo, Carlos

Dico e Alice e a aventura no Beluchistão / Carlos Figueiredo; pesquisa, organização, notas e posfácio: Leonardo Nahoum. – Porto Alegre : Avec, 2024.

ISBN 978-85-5447-194-1

Literatura infantojuvenil
I. Nahoum, Leonardo   II. Título

CDD 028.5

Índice para catálogo sistemático:1. Literatura infantojuvenil 028.5
Ficha catalográfica elaborada por Ana Lúcia Merege — 4667/CRB7

Caixa Postal 7501
CEP 90430-970 — Porto Alegre — RS

contato@aveceditora.com.br

www.aveceditora.com.br

@aveceditora

DICO & ALICE

E A AVENTURA NO BELUCHISTÃO

CARLOS FIGUEIREDO

Pesquisa, organização, notas e posfácio:
LEONARDO NAHOUM

Agradecimentos do organizador:

Este livro e este pesquisador têm uma dívida de gratidão enorme para com Carlos Figueiredo, por sua amizade e interesse neste resgate; para com Úrsula Couto (Ediouro), por sua imensa ajuda e boa vontade ao nos franquear acesso ao acervo do escritor em Bonsucesso; para com Artur Vecchi, da AVEC Editora, por compreender a importância deste histórico resgate; e para com minha família, pelo precioso tempo roubado.

Dico & Alice e o Passaporte para o Mundo dos Livros

por Carlos Figueiredo

Para uma criança, a leitura vai além do mero entretenimento, como um passatempo. Pelo menos para mim, quando era menino – e, acredito, para todos aqueles que, pela magia da imaginação infantil, têm a sorte de se apegar à leitura –, a história que estava a ler, os personagens e suas peripécias, existiam como num sonho.

Já adulto, e precisando ganhar a vida depois de alguns anos perambulando pelo mundo, foram as recordações daqueles momentos em que devorava os livros de edições destinadas ao público infantojuvenil – principalmente a série do Sítio do Picapau Amarelo, as aventuras da coleção *Terramarear* e, até um pouco depois disso, já quase adulto, a fantástica coleção de ficção científica portuguesa *Argonauta* – que me levaram a escrever a série *Dico e Alice*, no formato livro de bolso, juntamente com outras da coleção *Mister Olho*, da Ediouro, que iniciaram muitos na magia da leitura e, de quebra, na época da Ditadura Militar, por sua aparente desimportância, nos permitiu dar um drible na pesada censura dos órgãos de repressão.

Sua repercussão largamente ignorada e não apenas pela censura, mas pela, vamos dizer, *intelligentsia* nacional, recebe agora um tratamento mais aprofundado graças ao trabalho do professor Leonardo Nahoum.

Da minha parte Dico e Alice – outro dia recebi uma mensagem, uma postagem no *Facebook*, de um leitor, já um senhor, contando que ele e sua irmã curtiam brincar, ele Dico, ela Alice, inventando peripécias, como os heróis das minhas histórias –, pelo menos nos primeiros volumes, eram um retorno àquele tempo em que a imaginação corria livre e solta, sem a chatice da responsabilidade dos adultos.

Muito me serviu, para contar essas histórias, o período – alguns anos – em que viajei, muitas vezes de carona, vivendo episódios que por pouco não me custaram a vida, pelas estradas que iam da Europa para a Índia, pelos desfiladeiros dos Andes e pela Amazônia.

Nosso país, já foi dito, vive de costas para o mundo. Só recentemente, graças aos novos meios de comunicação, de uma certa maneira globalizados, começamos a ter mais clara a nossa inserção no planeta. Uma das ideias que norteavam as histórias que escrevia era a de tentar familiarizar meus pequenos leitores com outras regiões e outras culturas, utilizando para isso minha experiência *in loco*, ao vivo e em cores.

O presente volume *Dico e Alice e a Aventura no Beluchistão*, resgatado dos arquivos da Ediouro pelo professor Leonardo Nahoum – devemos à sua diligência e ao seu espírito genuíno de pesquisador, na melhor tradição, guardadas as devidas proporções, dos Humanistas, que pesquisavam, numa Europa fanatizada e analfabeta, textos esquecidos dos escritores latinos, não apenas o resgate do que foi publicado pela coleção *Mister Olho* como também aqueles manuscritos que foram arquivados, e não saíram a lume – é uma narrativa pródiga em etnias cuja existência é pouquíssimo conhecida em nosso país.

Esperava, com esses nomes exóticos, excitar a imaginação dos nossos pequenos leitores. E levá-los a sonhar por esses caminhos.

Trancoso, março de 2023

Introdução

Se você ainda não leu nenhuma das aventuras em que velejamos no nosso saveiro especial, o Fuwalda, *pelos sete mares, lagos, rios e o que mais houver pela frente, passo às apresentações:*

Meu nome é Dico. Dico não. Raimundo. Raimundo Andrade. Mas todo mundo me chama mesmo é de Dico. Eu sou gêmeo com minha irmã Alice. Fazemos aniversário no dia 30 de dezembro. Somos do signo de capricórnio. E como a gente tem o cabelo do mesmo comprimento, isto é, batendo nos ombros, nos parecemos demais, mesmo para gêmeos. Se eu me vestir de Alice e Alice de Dico, ninguém vai perceber a diferença. E às vezes, isso acontece...

Alice tem uma coisa fantástica, que é só dela: um poder de percepção incrível. Ela tem pressentimentos, e a maioria deles dá certo. Um cientista amigo de papai chamou isso de percepção extrassensorial, que significa, se é que você não sabe, a capacidade de perceber algo além do que pode ser percebido pelos cinco sentidos. Esses poderes extrassensoriais de Alice mais de uma vez têm nos livrado de uma enrascada. E em compensação, mais de uma vez têm nos metido em outras...

Viajamos a bordo do nosso saveiro especial, o Fuwalda, *com papai e o Prata, o velho marinheiro. Papai, o Prof. Renato Andrade, é um cientista, biologista marinho, e está sempre atrás dos estranhíssimos bichos do fundo do mar. Ou então, tentando entender o efeito terrível da poluição nos oceanos. Taí: o papai é um pai legal! Não fica só dizendo pra gente "não pode, não pode" o tempo todo. Pelo contrário.*

E finalmente, o nosso amigo, o velho marinheiro Prata. José de Ribamar Prata. O velho novo. Ágil como um gato, ele é quem conduz o nosso saveiro especial, o Fuwalda, *por lugares que eu nem sei o nome direito. Aliás, às vezes nem ele mesmo sabe.*

Mas vamos logo à história. O resto sobre a gente você vai ficar sabendo a bordo, quando sairmos deste porto para o alto mar...

CAPÍTULO I

QUE VENGA EL TORO... MAS, NÃO DESSE JEITO! — CORRIDAS E CORRIDAS — LÁ VAMOS NÓS, DE NOVO

— Mmuuuuuuuuuuuuu... Mm... Mmuuuuuuuuu... — Cuidado, Dico, que ele te viu... — berrou minha irmã Alice.

— O perigo é você mostrar que está com medo. Tente caminhar normalmente, como se nada tivesse acontecido... — falou o papai.

— Ora... como é que ele vai saber se eu estou com me... — mas, não pude terminar a frase: um touro imenso, bufando como uma locomotiva, arremessou-se contra nós, numa fúria despedaçadora.

"Mamãezinha!", pensei, "se essa fera me pega! vou virar resto de açougue!".

Todo mundo chispou, correndo. A gente estava num belo pasto verde, numa fazenda especializada em criar touros de raça para touradas, em Sevilha, na Espanha. E aquela montanha de carne que vinha em nossa direção como uma avalanche era de fato um legítimo puro-sangue!

Que fazer? Eu era o último. Papai e Alice já estavam bem perto da cerca. Mas, não eu. A fera ia mesmo me pegar antes que eu chegasse lá, não importava a velocidade com que eu conseguisse correr.

Era preciso algo mais do que somente sair correndo.

Eu já quase podia ouvir o barulho daquelas ventas enormes soprando aquele ar quente nas minhas costas. Só tinha um segundo.

De repente, me lembrei de uma coisa que eu havia lido. E tive uma ideia.

Com um único gesto, tirei minha jaqueta e joguei-a para trás. Ela foi cair quase que bem na frente do touro.

O bicho parou, enraivecido, e começou a chifrar a roupa. Mas logo percebeu que eu não estava lá dentro. E investiu de novo.

Mas essa paradinha dele já havia dado tempo para papai e Alice se porem a salvo.

Agora, só faltava eu.

E havia um grande pedaço de chão para correr, ainda.

E o touro arrancou de novo, atrás de mim.

Tirei rapidamente a camisa, enquanto corria, e arremessei-a em direção ao boizão que lá vinha, doido, com os olhos injetados de vermelho.

Outra vez, o truque funcionou!

O animal parou e ficou chifrando a blusa, do mesmo jeito que havia feito com a jaqueta.

E foi a conta, para mim. Correndo mais do que qualquer campeão olímpico, acho, cheguei perto da cerca onde já estavam o papai e minha irmã.

— Segure minha mão, Dico... — falou papai.

De um pulo, agarrei-a no ar e grimpei,[1] como um macaco, cerca acima...

Na hora, horinha mesmo...

A fera vinha como um trem expresso.

Mas, vendo que eu havia escapado de qualquer jeito, arremeteu-se contra o cercado numa violência estúpida.

Os moirões vacilaram. O touro deu meia-volta e atacou de novo.

Mas, definitivamente, estávamos salvos.

— Som bons los toritos aqui, não som? — ouvimos uma voz atrás de nós, falando uma espécie de portunhol, isto é, um misto de espanhol com português.

Nos viramos.

Montado num belo cavalo baio, Dom Pedro de La Virgen Corzon Thiago Ledesma José Maria Paco y Antunes, o dono da fazenda onde estávamos, um espanhol de nome compridíssimo como só os espanhóis têm, estava rindo.

— Olhe, vou lhe dizer... — eu falei — Não foi nada engraçado! Esse bicho podia ter acabado comigo...

— Son toros de raça! — falou Dom Pedro.

— Mas eu achei genial a maneira com que você se livrou dele! — falou papai. — essa ideia de ir jogando suas roupas fora, para ganhar tempo, é genial.

— Eu aprendi isso num livro... — falei.

— Quer dizer... — falou Dom Pedro — para alguma coisa os livros servem...

E começou a rir.

O touro, vendo que a sua ira não dava em nada, ainda ficou um tempo andando por ali e depois foi pastar, já meio esquecido.

---

1 Nota do Org.: Trepar, escalar.

— Esse aí vai nos dar uma bela corrida! — falou o espanhol.

— Corrida? — perguntei, intrigado, pois já estava cansado de correr de touros enraivecidos.

— Sim, aqui nós chamamos as touradas de corridas... — ele me explicou — quero dizer que ele vai ser uma beleza, na arena, enfrentando o toureiro...

Durante aquele papo, o Prata, que havia ficado do outro lado da cerca, com os cavalos, chegou.

Montamos e fomos para a casa da fazenda.

— Vocês devem estar com fome... depois de praticarem tanto... esporte... — falou Dom Pedro — vamos comer uma boa *paella* e tomar um bom vinho. Depois eu mando alguém pegar sua roupa, Dico...

— Ah... obrigado. Estou realmente morto de fome.

Cavalgar naqueles cavalos meio árabes, puros-sangues, era um prazer. O campo era verde, baixo, sem muitas pedras ou troncos que dificultassem a marcha.

— Vocês têm que ver uma corrida — falou o nosso anfitrião.

— Ver uma tourada? — eu falei.

— Sim. No próximo domingo teremos um excelente programa, com o famoso José Ledesma, que é meu primo, enfrentando os melhores touros da Espanha!

—Como é que é mesmo uma tourada? — Alice perguntou.

— Ah! é uma coisa indescritível! Só mesmo você vendo... — ele respondeu.

E fez uma pausa. Nós continuávamos cavalgando em direção à fazenda. Eu, papai, Alice, o Prata e ele.

— Uma tourada é uma luta. Entre o homem e o touro. Uma luta de morte, geralmente para o touro, que deixa a arena morto, arrastado pelos cavalos dos *bandarilleros*, que é como nós chamamos os ajudantes que ficam a cavalo, espicaçando o touro.

—Quer dizer que o touro sempre morre? — eu perguntei.

—Sim. A não ser num caso excepcional, em que a multidão peça para ele viver... parece um espetáculo de futebol no famoso Maracaná — e aqui ele falou errado o nome do nosso estádio...

— Só que no *Maracaná* — repeti —não morre ninguém...

— Existe também a tourada portuguesa... — ele falou.

— E como é? — perguntei.

— É a cavalo... — ele respondeu.

— Puxa! isso é muito mais inteligente — Alice falou — invés de enfrentar o boi ali na marra, vai-se a cavalo...

— Mas não tem a emoção da tourada espanhola... — falou Dom Pedro, com orgulho.

E ficamos em silêncio o resto da cavalgada.

"Os espanhóis são assim, uma raça muito orgulhosa...", pensei. "Eles podem não ter nada, estar na rabeira de tudo, mas têm esse orgulho, essa imponência."

Mas meus pensamentos foram interrompidos: estávamos chegando na casa-grande e meu estômago estava quase roncando, de tanta fome.

—A corrida te abriu o apetite... — brincou Dom Pedro, quando desmontamos em frente à casa.

CAPÍTULO II

UM BOM ALMOÇO — UMA BOA IDEIA — UMA, NÃO SEI COMO DIZER, TOURADA — VELEJAR, VELEJAR, VELEJAR, ISSO QUE É VIDA...

E a corrida havia aberto meu apetite mesmo... Chegamos na sala de jantar e lá estava uma maravilhosa *paella*, que é uma comida feita com coisas do mar, mais galinha e arroz, tudo junto. Uma delícia. Se bem que o melhor tempero do mundo, sempre, é a fome...

— Então, querem ir ver uma tourada? — papai nos perguntou.

— Claro... — respondemos, em coro.

— Então, está *mui bien*... — respondeu Dom Pedro. — No próximo domingo, iremos todos a Sevilha assistir a um espetáculo. Preparem os seus nervos... — ele preveniu.

— Deve ser muito difícil tourear... — falou o Prata, comendo sua *paella* bem apimentada.

— O importante é não ter medo... — falou o espanhol. — se você tiver medo, o bicho percebe no mesmo instante...

— Os cachorros também são assim... — eu falei.

— Mas como é que eles percebem? Como é que ele sabe que uma pessoa está com medo? — perguntou Alice.

— Acho que, de alguma maneira, eles percebem que você jogou adrenalina na corrente sanguínea... — foi a vez da explicação científica do papai.

— Mas, o que tem isso a ver? — eu perguntei.

— Bem... — o velho continuou. — Você sabe, o corpo humano é alimentado pelo sangue que circula nas nossas veias e artérias... Pois bem, você vai andando na rua, o sangue circulando normalmente. De repente, um carro vai passando e dá uma bruta buzinada...

— Ou então um touro dá uma tremenda bufada... — interrompeu o espanhol, rindo.

— E você toma um susto terrível... — continuou papai. — pois bem, quando você toma um susto desses, que faz você dar um pulo... por que você dá o pulo?

— De medo... — respondi.

— Sim, claro... mas, também, porque a glândula suprarrenal, que fica logo em cima dos rins, aí na sua barriguinha — continuou papai, dando sua aulinha. — joga na corrente sanguínea uma boa dose de adrenalina. A adrenalina estimula o sistema nervoso e produz a elevação da pressão sanguínea...

— Puxa! A gente no meio desse jantar e o senhor aproveita para dar a maior aula! — eu falei.

— Calma, Dico... — falou Alice. — eu estou interessada... Então, papai, quando a gente toma um susto, essa tal glândula joga adrenalina no sangue, aumenta a pressão e a gente dá um pulo?

— É mais ou menos assim... — ele respondeu.

— A gente parece uma máquina... — o Prata falou.

— Mas o que tem isso a ver com os bichos perceberem que a gente está com medo? — Dom Pedro perguntou, interessado.

— Mas é isso: os bichos devem perceber que a gente jogou adrenalina no sangue, isto é, que a gente está com medo... e então, atacam...

— Mas... como? Como é que eles ficam sabendo? — perguntou Alice.

— Isso eu não sei... — papai respondeu. — mas que eles ficam, lá eles ficam!

— Pois eu vou descobrir esse mistério... — falou Alice.

E mais não foi dito porque a gente começou a comer com tal voracidade que parecia que a adrenalina havia caído aos litros na nossa corrente sanguínea. O Prata era o que falava menos e comia mais.

***

No domingo, lá estávamos nós.

Era mesmo como no Maracanã. Uma multidão em torno de uma arena. Todo mundo excitado, como na véspera de uma final da Copa do Mundo.

— Puxa! — falou Alice, enquanto nos sentávamos na tribuna que Dom Pedro havia reservado para nós.

Nesse momento, soaram umas trombetas e, de um enorme portão lá embaixo na arena, saíram, como numa procissão, uns homens vestidos de toureiro, e outros, a cavalo. A multidão berrava, gritava, batia palmas, assobiava.

— Aquele ali... — apontou Dom Pedro. — é o meu primo, o José Ledesma... ele é um herói popular...

E era mesmo. A multidão berrava:

— José... José... José...

— Se ele não for ferido, deverá matar uns duzentos e quarenta touros, somente este ano! E dos melhores touros do mundo!

— Ele vai matar uns duzentos e quarenta touros só este ano? — perguntei.

— Sim... — respondeu o espanhol.

"Puxa! quanta morte!", pensei. E dei uma olhada para Alice. Ela estava com uma cara intrigada. Algo me dizia que aquele espetáculo não ia ser assim tão legal de se ver.

E a tourada começou.

Um imenso touro negro saiu em disparada de um dos portões em volta da arena e ficou ali, esperando quem seria o tolo disposto a enfrentá-lo.

Um dos homens a cavalo, carregando um espeto parecido com espeto de churrasco, enorme, com uma bandeirinha, veio e rapidamente enfiou aquela ponta profundamente nas costas do animal. O sangue do bicho jorrou, molhando as calças do homem e a sela do cavalo.

Louco de fúria, o touro deu um pulo, e saiu correndo atrás do cara a cavalo.

Mas logo apareceu um outro também montado e ficou chuchando[2] o touro do mesmo jeito, fazendo o sangue espirrar. A arena, o chão de areia da arena, já estava vermelho. E depois, outro e mais outro. Nesse momento entrou em cena o José Ledesma.

— José... José... José... — a multidão gritava, excitada com o sangue e a violência.

E a tourada começou.

A poucos centímetros da morte, ele parecia estar a quilômetros de qualquer medo.

O touro investiu, como havia feito comigo na fazenda. José fez um passe com sua *muleta*, isto é, uma capa vermelha que eles usam para chamar a atenção do touro, e a multidão começou a berrar mais ainda.

O touro investiu. José fez um outro passe.

---

2 Nota do Org.: Cutucar.

— Olé... — berrava a multidão,
Lá vinha aquela tonelada de fúria.
Novo passe.
— Olé... — gritou todo mundo.
Menos nós, eu e Alice.
Aquilo estava parecendo uma visita ao matadouro! O pobre bicho, sangrando, louco de ódio, lutando contra aquele cara que ficava fazendo passes na sua frente...
— Olé... — gritavam eles.
E o José tirou uma espada de um dos ajudantes e, fazendo um sinal para a torcida, encaminhou-se novamente para o centro da arena.
Fez-se um silêncio.
O touro investiu, enfraquecido pela perda de sangue.
Mas, dessa vez, ao invés de dar uma finta usando o tal pano vermelho, como sempre fazia, José tomou a espada e, numa estocada certeira, enfiou toda a lâmina no corpo do animal.
O touro ainda cambaleou uns quatro passos.
Depois, ajoelhou-se, ficou um segundo parado, assim, e depois caiu, de borco.[3]
A multidão ululava.
— José... José... José...
E na arena, o toureiro agradecia, inclinando a cabeça para a frente.
Depois, calmamente, dirigiu-se até o cadáver do boi no chão, ainda espirrando sangue, e cortou-lhe as duas orelhas e o rabo.
Dom Pedro, ao nosso lado, estava maravilhadíssimo.
— Grande toureiro... grande toureiro... — ele falava.
— Grande açougueiro... — falou Alice. Mas ele não ouviu.
Uns caras a cavalo entraram na arena, amarraram umas cordas no touro e saíram arrastando-o para fora.
— A carne é doada a instituições de caridade... — falou o nosso amigo espanhol.
— Grande coisa... — eu falei.

3 Nota do Org.: Virado para baixo.

— Acho que não aguento mais ver uma matança dessas... — falou Alice.

Dom Pedro não entendeu nossa reação.

— Como? Não querem ficar para a outra corrida?

— Não... essa já foi suficiente... — eu falei.

E nos levantamos, eu e Alice, e fomos para fora.

Quando chegamos lá embaixo, uns homens com uns facões afiadíssimos estavam esquartejando a carcaça.

— É sangue demais! — falou minha irmã.

E saímos dali, para o ar puro da praça.

CAPÍTULO III

VAMOS EMBORA PARA O MEDITERRÂNEO, VELEJAR, VELEJAR, VELEJAR — UMA SURPRESA QUE NÃO ESTAVA NO PROGRAMA

Logo depois, o papai e o Prata vieram nos encontrar ali num dos bancos da praça em frente à arena.

— É realmente demais... — falou o papai.

— Não sei como é que uma pessoa pode virar um animal... — Alice estava indignadíssima.

— Pois é... o pobre touro, esquartejado e torturado! Aquelas *banderillas*! Aquilo entrava na carne do bicho como se fosse um espeto de açougueiro...

— Acho melhor a gente ir embora daqui, logo... — falou minha irmã.

— Eu também acho. Estou louco para velejar... — eu falei.

— Velejar? — perguntou o Prata, aceso.

— Sim. A gente podia ir dar um passeio no *Fuwalda*... — papai concordou.

— Claro... claro... — o Prata era só entusiasmo. Ele é mesmo um marinheiro. Adora estar no mar. Aquele período ali em terra firme não era de jeito nenhum do agrado dele.

— Vamos todavia nos despedir do Dom Pedro... — Alice pediu.

E ficamos ali naquela praça, esperando a tal corrida acabar.

Algum tempo depois, a multidão começou a sair e, entre o povo, Dom Pedro.

— Ora... — ele foi falando, quando nos viu. — aqui estão vocês...

— Sim... — respondemos.

— Parece que não gostaram da corrida! — ele falou.

— É... — a gente estava francamente desanimado.

— É uma pena — ele continuou. — a tourada é uma coisa soberba, um espetáculo um pouco forte... devo admitir.

— É mais que isso... — respondeu Alice. — é uma morte... uma carnificina... matar o pobre animal daquele jeito. E depois, quando o toureiro vai mesmo em cima dele, o bicho já está mal das pernas, de tanto que ficam enfiando coisas nele...

— Ora... — falou Dom Pedro. — existe uma certa nobreza, uma valentia, em enfrentar um monstro daqueles, você não pode negar...

— Mas essa valentia seria melhor usada em outras coisas... — eu falei. — melhores do que ficar matando, torturando um bicho sem necessidade...

— Bem... acho que vocês não entenderam... — o espanhol replicou.

— Eu entendi bem — Alice estava chateada, falando. — eu entendi bem: os homens ainda estão muito próximos dos animais ou nem isso! Porque ninguém vê um animal matando o outro somente para se divertir... como aquele monte de gente lá na arena... se divertindo com a violência, com a morte... isso é o mal da humanidade...

— Calma, Alice... — Dom Pedro falou. — Não é preciso mais a gente vir às touradas. Eu pensei...

— Ora, está bem. Deixe pra lá — minha irmã retrucou.

— E depois, nós estamos a fim de ir logo para o nosso barco, o *Fuwalda*, velejar... — falou o Prata, animado.

E assim, no outro dia de manhã, com novas provisões, chegamos a Algeciras, o porto espanhol, perto do famoso rochedo de Gibraltar, onde estava fundeado o nosso saveiro.

O Prata estava feliz como um menino novo.

Subimos a bordo, carregamos nossas coisas para o porão e pouco depois, após nos despedirmos de Dom Pedro de La Virgen Corzon Thiago Ledesma José Maria Paco y Antunes, abrimos todo o pano e a proa do *Fuwalda* começou a cortar, com cadência, as azuis e belas águas do Mediterrâneo.

— Vai como eu gosto... — falou o Prata, feliz, segurando a cana do leme.

— Se a gente ao menos soubesse para onde! — falou o papai.

— Ora, não se preocupe com isso... vamos deixar o barco andar e alguma coisa pode acontecer. Depois de toda aquela matança eu tenho vontade de ir para um lugar assim longe... diferente... — Alice começou a sonhar.

— Ei... — eu falei. — O canal de Suez acaba de ser reaberto. Por que a gente não faz a travessia do canal de Suez... chega ao Golfo Pérsico...

— E vai até o Afeganistão! — berrou Alice.

— Afeganistão? — o Prata arregalou os olhos.

— Sim... Afeganistão! — eu confirmei.

—Mas... onde é isso? — o Prata insistiu.

— Entre o Paquistão e o Irã. O Irã, antigamente, era a Pérsia, tão famosa... — papai começou com outra de suas aulas.

— Ora... é melhor você ir ver no mapa, Prata... — a Alice interrompeu o papai.

— Eu não me importo muito com isso... não me importa aonde é esse tal de Fegatinistão... — falou o Prata.

— Afeganistão... — corrigiu Alice.

— O que me importa mesmo — continuou o velho marinheiro. — é velejar. É estar aqui, a bordo desse saveiro maravilhoso que é o *Fuwalda*, navegando, navegando, navegando...

E em parte, ele tinha razão. O nosso saveiro especial, o *Fuwalda*, é mesmo uma maravilha. Ele passava ali naquelas águas tranquilas do Mediterrâneo com uma elegância de fazer inveja. Elegância e segurança. Porque a mão do Prata era firme e com ele a bordo não tínhamos nada a temer.

E assim, passou-se o tempo. A velejar, velejar, velejar.

Paramos em Port Said, no Egito, para nos reabastecermos de água e dar uma olhada no que restou daquela civilização milenar.

O Egito, desde séculos atrás, havia sido conquistado pelos árabes, mulçumanos. E não havia mais faraós, papiros, não se construíam mais pirâmides nem se embalsamavam mais os mortos, como a gente aprende nos livros de história.

O Egito moderno era um país como quase todos os outros, o porto fedorento, cheio de detritos, poluído. As mulheres andavam nas ruas com o corpo todo fechado por uma roupa que ia da cabeça aos pés!

— Puxa! Não dá para se ver nada! — Alice falava, olhando as pobres coitadas. — Parecem doentes, tão fechadas nessas roupas.

— É que os muçulmanos são assim... — lá vinha papai com outra aula. — e no Afeganistão é ainda pior... lá as mulheres observam um costume que se chama Purdah... isto é: andam na rua totalmente cobertas...

— Mais cobertas do que estas daqui? Mas... como é que pode? Cobrir ainda mais o quê? — perguntei.

— Só falta cobrir os olhos e os pés E se elas cobrirem os olhos, como vão enxergar? — perguntou Alice.

— Eles vestem as mulheres deles — respondeu papai. — com uma espécie de camisolão inteiriço, arrastando no chão, e sobre os olhos costuram uma tela, de modo que elas parecem um fantasma... e veem tudo através dessa tela...

— Veem o mundo todo em quadradinhos!

Não pude deixar de me lembrar da praia de Ipanema, com todas aquelas garotas de tanga...

"Puxa!", pensei, "apesar de tudo, o Brasil até que tem algumas coisas legais...".

CAPÍTULO IV

O CANAL DE SUEZ — COMO ELE FUNCIONA — A ALEGRIA DO PRATA — OS REIS DO PETRÓLEO

Ficamos ali em Port Said mais uns dias. Comendo aquela deliciosa comida árabe. Vendo aquelas relíquias da antiquíssima civilização egípcia.

Mas, não era lá muito legal, tudo aquilo. Essa parte do mundo é cheia de guerras. Guerra com os israelenses. Guerra no Líbano! Puxa!

Portanto, resolvemos cruzar logo o Canal de Suez.

— Esta região tem um cheiro, uma coisa... — falou Alice, quando subimos a bordo do *Fuwalda* para iniciar a travessia.

— É uma região incrível... — eu falei. — Aqui, a África se junta com a Ásia. É uma terra de tradições muito antigas...

— E esse Canal, Dico, como é ele?

— Já tem mais de cem anos! Imagine! — respondi. — Foi construído entre 1859 e 1869, por um engenheiro chamado Ferdinand de Lesseps... tem cento e sessenta e um quilômetros de comprimento por oitenta a cento e cinquenta metros de largura.

— Puxa! Você tem uma excelente memória para números! — minha irmã falou.

— Que nada... estou apenas consultando o folheto de turismo que nos deram em Port Said quando nós saímos de lá...

— E o que mais diz sobre o canal?

—Diz que liga o Golfo de Suez com o Mediterrâneo...

— Por que será que eles construíram um canal desses? — perguntou o Prata.

— Claro. Se não fosse o Canal de Suez, você tinha, para ir da Europa para a Ásia, de dar toda a volta pela África. O canal corta o maior caminho! — eu respondi.

—Bem, ainda bem que vocês estão sabendo quase tudo sobre o canal, porque dentro em pouco vamos atravessá-lo... — papai nos informou.

—Que emocionante! — Alice falava, enquanto corria para se debruçar na amurada. —Eu, uma garota brasileira, aqui nestas lonjuras, atravessando o famosíssimo Canal de Suez... me dá uma coisa na garganta... é o que eu sempre quis: viajar, viver uma vida de aventuras, como no cinema...

O Canal de Suez funciona do mesmo jeito do Canal do Panamá, isto é, por um sistema de comportas. A gente sai do mar, entra numa espécie de tanque, não muito cheio. Aí, fecham uma comporta atrás da gente. E o tanque começa a encher, a encher, até ficar muito mais cheio do que estava no começo. Aí, uma comporta *na frente* do barco se abre e *zuuuummmm*: a gente vai para outro tanque. Aí a comporta *de trás* se fecha. O tanque enche de novo, a água vai subindo novamente e depois *zuuuummmm*, a comporta *da frente* se abre e assim, sucessivamente.

—Puxa! Como é incrível, este canal... — eu falava, olhando da amurada.

O canal era um fio de água no meio do deserto.

— Ei, papai, o que é aquilo ali? — perguntou Alice, apontando para um monte de ferragens retorcidas, como se tivessem sido incendiadas.

— Aquilo são restos da guerra entre o Egito e Israel... — papai falou.

—Puxa! que coisa terrível é a guerra! — Alice falou.

E devia ser mesmo. Aqueles restos carbonizados, ali no deserto, davam bem uma ideia de como deve ser uma coisa cruel, uma batalha.

Mas a travessia do canal se deu sem maiores problemas.

No outro dia, chegamos ao Golfo Pérsico, onde estão os Emirados Árabes, riquíssimos em petróleo.

— Daqui vem quase todo o petróleo do mundo... — falou o papai.

Mas não nos demoramos muito por ali.

Queríamos ir logo para o Afeganistão.

— E esse lugar, Afeganistão — falou o Prata. — quando é que a gente atraca num porto de lá?

— Isso, nunca... — falou o papai.

— Nunca? — o Prata não entendeu. — Por quê?

— Porque o Afeganistão não tem mar... é um país sem mar...

— Puxa! Coitados! — falou o Prata, para quem o oceano era mais que um monte d'água. Era uma verdadeira razão para estar vivo.

— Pois é... — papai continuou. — a gente tem de ir até o Paquistão, até a cidade de Karachi, que é um porto de mar, e de lá pegar um trem para Quetta. E de Quetta, pegar um ônibus para Kandahar, que já é no Afeganistão...

— Puxa! Um lugar bem longe, esse tal de Afeganistão! — foi o comentário do marinheiro.

E assim, no outro dia, chegamos a Karachi, uma cidade do Paquistão, no delta do rio Hindus. Karachi era o Oriente. Cheio de gente, o tempo todo. Vendedores, mulheres vestidas até mais do que no Egito. Gente gritando. Búfalos negros refocilando-se[4] nos pântanos cobertos de capim (ou seria arroz?) verde.

Assim que o *Fuwalda* chegou no porto, umas pessoas vieram nos ver.

— Que barco é esse? — perguntou um deles.

— É um saveiro do Brasil, feito em São Luís do Maranhão... — o Prata respondeu, todo orgulhoso.

— Mas... como é bonito... — disse um.

— E elegante! — disse outro.

O Prata não cabia em si de satisfação. O *Fuwalda* parecia um filho, tão orgulhoso ele se mostrava.

Mas, finalmente, conseguimos sair daquela confusão e, munidos de armas e bagagens, fomos para a estação de trem tomar o expresso para Quetta.

Tudo havia sido previamente arranjado por uma agência, para quem papai havia mandado um telegrama quando ainda estávamos no Golfo Pérsico, a bordo do *Fuwalda*. Por isso, era de manhãzinha, tomamos o trem e lá fomos para a cidade na fronteira do Paquistão com o Afeganistão, a cidade de Quetta, como eu já falei.

—Puxa! como é bonita a vegetação... — falava minha irmã, olhando pela janela do trem.

— É... aproveite! Daqui a pouco vamos entrar no Beluchistão, onde quase tudo é um deserto... — falou papai.

— Beluchistão? — eu perguntei, surpreso. — esse país eu nunca ouvi falar...

— Não é um país, Dico... — respondeu papai. — é uma província do Paquistão, faz parte do Paquistão...

---

4 Nota do Org.: Descansando, refrescando-se.

— Ah! Então se é do Paquistão, por que é que se chama de Beluchistão? — perguntei.

— Porque antigamente era o país dos beluchis, um povo que mora nesta área até hoje...

E lentamente a paisagem foi ficando mais árida, na janela do trem, e chegamos ao que deveria ser o tal deserto. O trem ia veloz e ruidosamente; cheio de gente.

E...

Foi numa volta do caminho.

No meio daquelas terras secas e pedrentas.

De repente, ouvimos uma explosão.

Depois outra.

E com um solavanco violentíssimo, o trem saiu do trilho e foi cair no meio daquelas areias.

CAPÍTULO V

MAIS GUERRAS! — MAIS ESTUPIDEZ — QUANDO É QUE ISSO VAI PARAR, GENTE? NUNCA? ACHO QUE...

Foi uma confusão.

O trem descarrilhou, virando de lado e, como estava lotado, foi um verdadeiro inferno. Só se ouviam gritos e gemidos.

A poeira levantada pelo trem e por tudo aquilo fazia todo mundo tossir. Até o Prata, tão rápido e seguro, havia caído por cima de uma daquelas mulheres que mais pareciam um fantasma. O camisolão dela havia se levantado e, para minha surpresa, pude ver que ela, por debaixo daquela roupa que tudo escondia, estava vestida bem à ocidental, com calças compridas e tudo mais! O Prata havia caído bem em cima dela e, apesar de tudo o que estava acontecendo, eu podia ver os olhos arregalados da mulher, espantadíssima.

Mas aquilo demorou um segundo.

De repente, ouvimos uns tiros. Os passageiros começaram a gritar mais ainda, numa língua que eu não entendia.

— Protejam-se... — berrou o papai. — estamos sendo atacados...

"Era só o que faltava", pensei. "Mal a gente chega em terra firme, começam a acontecer coisas... o trem descarrilha e como se não bastasse alguém começa a atirar em nós!"

Mas os passageiros do trem também estavam armados, pelo menos, a maioria deles, e assim, sem querer, estávamos envolvidos numa verdadeira batalha.

Os passageiros usavam o trem descarrilhado como barricada.

A uns cinquenta, sessenta metros, atrás de umas dunas, eu podia ver uns camelos e, de vez em quando, a ponta de um rifle.

As balas zuniam sobre nossas cabeças.

— Quem são? Quem é esse pessoal que está nos atacando? — eu perguntei.

— Por que essa loucura? — Alice berrava.

— Não sei... — respondeu o papai.

E de resto, ninguém dava nenhuma atenção à gente. Era bala pra cá, bala pra lá, bala pra cá, bala pra lá!

A gente estava escondido num banco perto do banheiro do trem. O cheiro era quase insuportável, misturado ao odor de pólvora queimada. Mas, numa guerra como essa, ninguém se importa com isso. É vida ou morte.

Um dos passageiros, tomando a iniciativa, se reuniu com alguns outros homens, todos eles vestidos no traje da região, que parece um albornoz,[5] e começaram a conferenciar. A gente não entendia nada.

Depois, o grupo que havia se reunido se dividiu em dois. Um deles se postou detrás do trem. O outro foi para o fim do vagão.

---

5 Nota do Org.: Manto de lã comprido, com capuz, comum no norte da África.

De repente, o que parecia ser o chefe, do nosso lado, fez um sinal com a cabeça.

O grupo que estava atrás do trem começou a atirar furiosamente. Uma carga cerrada.

Protegidos pela descarga, comandados pelo líder improvisado, os passageiros saíram correndo em busca dos atacantes, que ainda estavam lá, misteriosamente ocultos pelas dunas.

Por um segundo parecia que ia dar certo.

Mas, nesse momento, ouvimos um barulho que gelou o sangue de todo mundo: o pipocar sinistro de uma metralhadora, que até então não havia sido utilizada.

Os passageiros que haviam tentado fazer aquela sortida[6] ainda tentaram voltar, o chefe na frente, mas era um pouco tarde demais.

Como uma máquina de escrever monstruosa, a metralhadora foi ceifando, uma por uma, aquelas vidas e todos morreram, sem atingir o seu destino.

Foi horrível.

Todo mundo parecia chocado. Ninguém fazia nada.

Lentamente as balas foram diminuindo, o barulho foi diminuindo e pouco depois só ouvíamos um tiro de vez em quando.

E assim se passou todo o dia, nessa batalha sangrenta.

Ninguém havia comido nada nem ninguém nem pensava nisso. O gemido dos feridos, o cheiro da pólvora, aquele inferno, era um espetáculo trágico, horrível. Mais do que isso. Mais do que eu consigo dizer para vocês. E se isso serviu de alguma coisa, para mim, foi para aprender que a guerra é o que há de pior. Que nunca, nunca, eu vou querer entrar numa dessas!

Quando veio a noite, achei que eles iam nos atacar.

Mas o sol se pôs e veio a escuridão de uma noite sem lua. E nada aconteceu. A noite era friíssima, como em todos os desertos.

Não sei como, mas numa hora daquelas eu dormi.

---

6 Nota do Org.: Ataque, investida.

E acordei de manhã, com os raios do sol batendo no meu rosto, entrando de viés pela janela do trem.

Havia um enorme silêncio.

Olhei para um lado.

Alice, o papai e o Prata também estavam acordando.

Mas não havia mais ninguém no trem. Todos haviam fugido durante a noite.

Espiei os nossos atacantes.

Eles também haviam ido embora.

Nos levantamos.

— Que loucura... — falou minha irmã. — uma... uma... loucura... é só isso que posso dizer! — ela repetia.

— Calma... — falou o papai. — Temos de fazer alguma coisa. Pelo menos ainda estamos com vida.

Olhei para os cadáveres no chão, em frente ao trem.

— E isso é uma verdadeira sorte! Por pouco a gente também não morre!

— É porque ainda não era nossa vez, mesmo... — filosofou o Prata, fatalisticamente.

— Mas não podemos ficar aqui esperando que aconteça alguma coisa... — falou o papai.

— Sim... mas vamos fazer o quê? — perguntou Alice.

— Temos de ir buscar socorro... — ele respondeu.

— Mas... — eu falei — se...

Mas papai não me deixou concluir.

— Vamos fazer o seguinte. O que quer que esses bandidos queriam, eles já conseguiram, pois foram embora. Portanto, você fica com a Alice, Dico, e eu e o Prata vamos pelo trilho do trem, em busca de reforços...

— Mas, papai... é um deserto... vocês morreriam de sede ou de fome...

— Há muita provisão no trem... antes de sairmos, vamos nos munir de tudo o que precisarmos. Vocês se escondam bem e aguardem nossa chegada.

CAPÍTULO VI

BEM, COMO DIZ O PRATA, AINDA NÃO FOI DESSA VEZ. MAS, TALVEZ DA OUTRA... — UM BELO DIA NO DESERTO, PRA VARIAR.

E assim, seguindo as instruções de papai, reunimos todos os mantimentos, toda a água, preparamos uma pequena mochila para ele e outra para o Prata, com o que achávamos que iriam precisar, nos despedimos e ficamos ali, esperando.

— Por que será que a gente foi atacado? — perguntou Alice, quando eles se foram.

— Ninguém sabe. O estranho é que não eram propriamente ladrões... não roubaram nada. Parece que o único intuito deles era parar o trem e matar alguns passageiros...

— Mas... por quê? Ninguém ataca outro assim, de graça... deve haver alguma coisa por trás de tudo isso... — ela respondeu.

O sol estava cada vez mais alto. Em contraste com a noite, o dia era quentíssimo. Estávamos escondidos, no caso de acontecer alguma coisa. Mas era muito abafado. Eu suava em bicas. Alice também.

Umas moscas do deserto, muito piores do que essas mutucas de cavalo, começaram a nos atacar. Deveríamos ser um prato saboroso, todo suados, sujos. E depois, aquele trem fedia como um matadouro.

— Não posso ficar mais aqui, Dico... — falou Alice. — está quente demais, sujo demais, fedorento demais...

— Mas, Alice... — eu tentei ponderar, enquanto matava uma mosca que havia me dado uma ferroada no braço. — temos de nos esconder...

— Esconder de quê? Os atacantes já foram... isto é um deserto, Dico... não tem ninguém... a gente sai e fica ali detrás daquelas dunas onde estavam os atacantes... ali pelo menos não tem esse mau cheiro daqui nem está tão abafado... e lá, também, a gente pode se esconder...

— Prefiro ficar aqui... — eu falei.

— Eu não... vou pra lá...

Aquele lugar, o esconderijo da gente, era realmente um inferno.

— Está bem, Alice... vamos... eu concordo com você — falei, com a respiração opressa.[7]

Nos levantamos, cuidadosamente, olhamos para um lado e para o outro e, após concordarmos, com um leve sinal de cabeça, saímos correndo em direção às dunas.

Não chegamos nem na metade do caminho.

De repente, saindo não sei de onde, um cavalo nos deu um encontrão e caímos, rudemente, por terra.

— Cuidado... ele está armado... — berrou Alice, apontando para o cavaleiro.

O cara levantou o fuzil em minha direção.

---

7 Nota do Org.: Oprimida, reprimida, sufocada.

Dei um pulo e caí de novo ao lado do trem.

A bala ricocheteou e ele preparou-se para atirar novamente.

A minha sorte é que esses caras, de tanto esconderem as mulheres deles, não pensam que elas também possam ser combatentes. Na ânsia de me acertar, ele esqueceu completamente Alice.

Ela veio por trás e, como se estivesse pegando um surfe, deu um pulo e agarrou-o pelas costas. Aproveitei a confusão e saí de onde estava.

Segurei o cano do fuzil, que oscilava enquanto o cavaleiro tentava se desvencilhar de Alice, e dei-lhe um tremendo safanão.

O homem caiu do cavalo, com arma e tudo. Usando os ensinamentos de capoeira que o Prata havia nos dado, dei-lhe um golpe seguro bem na boca do estômago e ele, com um *uhhh* seco, caiu, deixando a arma na minha mão.

— Conheceu, papudo... — eu berrei.

— Mantenha-o sob sua mira... — falou Alice.

—Calma... Calma... —voltei a falar. — Por que é que você queria nos matar?

— Vocês não são paquistaneses? — perguntou o assaltante, caído no chão.

—Não.... — respondi. — Somos brasileiros...

—Brasileiros? Que país é esse?

— Somos do Brasil... — repetiu Alice.

— Brasil? — o homem não entendeu.

— Brasil... — repetiu Alice. — Um país na América do Sul...

— Ah! — a face do homem se iluminou. — Brasilistão!

— Brasilistão? — olhei para Alice, sem entender.

Mas, ela havia entendido.

— Claro — falou minha irmã. — Somos do Brasilistão. Não temos nada que ver com essa confusão aqui... Por que você nos atacou?

— Pensei que vocês fossem paquistaneses... — o homem respondeu.

— E se a gente fosse paquistanês? — Alice perguntou.

— Bem... nesse caso, vocês seriam os inimigos... — foi a sua resposta.

— Mas... quem é você? Por que vocês estão em guerra com os paquistaneses? — eu perguntei.

— Nós somos beluchis... do Beluchistão... — ele começou a responder.

— Beluchis? Mas não é essa a província do Paquistão que estávamos atravessando?

— Sim, exatamente — ele confirmou. —Eu sou um beluchi, não sou paquistanês. Nós temos um movimento armado, queremos nossa independência do Paquistão...

— Mas, por quê? — Alice perguntou.

— Porque nós não somos uma província. Somos um país independente.

— Mas... — eu falava, sem entender. — no final, vocês e os paquistaneses são da mesma religião, são praticamente o mesmo povo...

— Mas queremos a liberdade... queremos nos livrar do domínio dos paquistaneses...

— Mas, vocês não podem viver juntos? — perguntei.

— Olhe — o homem falou, mudando o tom de voz. — chega de perguntas. Se vocês querem me matar, podem me matar. Eu não me importo...

— Ei, amigo... calma... — eu falei. — Ninguém aqui quer matar ninguém, não... somos todos da boa paz... só queria que você nos ajudasse a sair desta enrascada... afinal, não temos nada a ver com essa guerra... estávamos apenas dando um passeio, somos turistas, nada mais...

— Eu não posso levar vocês para lugar nenhum... esta região está cheia de tropas paquistanesas... eles fatalmente nos encontrariam...

De repente, notei uma pequena mudança na expressão do nosso amigo.

Alertado, dei uma meia-volta.

Era tarde demais.

Em volta da gente, um grupo de uns dez homens, vestidos iguais àquele que mantínhamos prisioneiro, nos apontavam os seus fuzis...

— Deixe cair a arma... — um deles falou.

E foi o que fiz.

CAPÍTULO VII

PRISIONEIROS — A VIDA NO DESERTO — A MORTE NO DESERTO — UMA DESCOBERTA

Não havia nada a fazer. Éramos prisioneiros. O deles que parecia ser chefe fez um sinal para o homem que ainda estava deitado no chão e ele apanhou a arma. Depois, com um sorriso, me deu um empurrão.

— Vamos começar a andar... — ele falou. — Temos um longo caminho pela frente.

E era verdade.

Aqueles homens estavam montados nuns camelos que haviam deixado guardados um pouco distante de onde nos aprisionaram.

— Puxa! — falou Alice. — pelo menos, vamos dar uma volta nos camelos...

— Você, hein, Alice... a gente prisioneiro desse bando de bandidos e você fica querendo andar de camelo... — eu comentei.

— Ora, Dico... a gente é prisioneiro mesmo, não é? Então, o melhor é a gente se divertir. O que é que podemos fazer contra uma turma dessas?

Olhei em volta e vi que ela tinha razão. Eles eram em número bem superior e estavam armados até os dentes.

— Vou conduzi-los até nosso chefe... — falou o que nos havia aprisionado. — Ele vai interrogá-los...

— E daí? — eu perguntei. — Vocês vão nos matar? Por quê?

— Isso não sei. É com o chefe — e depois disso, não falou mais nada.

E assim, seguimos com aquela caravana. Os camelos ondulavam como se fossem navios no mar. Para a gente que não estava acostumado, era uma coisa doloridíssima. Mas, aguentávamos bravamente.

— Olhe, Alice — eu falei. — pela posição do sol, acho que de qualquer maneira estamos indo em direção ao Afeganistão...

— Bem, pelo menos vamos dar uma olhada lá, antes de morrer... — ela brincou.

— Gostaria que fosse mesmo brincadeira! Esses caras não têm jeito de quem pensa duas vezes antes de apertar o gatilho, você não acha?

— Calma, Dico... a gente ainda está vivo. E depois, por que será que eles não vão deixar a gente livre?

— É verdade... não temos nada com essa guerra deles...

— Isso é que não é verdade: todo mundo tem tudo que ver com qualquer guerra... mas, eles bem podem nos achar inocentes e nos mandarem embora...

— Com uma passagem de primeira classe para o Brasil...

— Silêncio... — falou um dos homens.

Fiquei intrigado.

Silêncio por quê?

Mas, logo depois, tive a resposta. Um deles veio correndo, não sei de onde, devia estar indo na frente, numa posição avançada, veio correndo, e gesticulando nervosamente falou com o que parecia estar em comando.

Apontaram para nós e depois de uns minutos vieram até onde estávamos, tomaram uns lenços e nos amordaçaram, sem que pudéssemos oferecer a menor resistência.

Depois disso, fizeram com que os camelos se deitassem na areia quente, nós junto com os camelos e todos eles, por sua vez, se deitaram também, de bruços.

Eu não entendia nada. Somente ficava olhando para Alice.

Foi quando notei uma poeira não muito longe. Pouco depois, a uns cento e cinquenta metros da gente, passou uma patrulha do exército paquistanês. Eu podia identificá-los pelo uniforme.

E foi aí que eu entendi tudo.

Por que eles não nos viam, isto é, por que os paquistaneses não nos descobriam?

Porque deitados daquele jeito, naquela areia sem cor do deserto, ficávamos igual um camaleão verde numa folha verde, isto é, igualzinho, sem que se pudesse distinguir.

"Perfeita camuflagem!", pensei.

A patrulha passava a algumas dezenas de metros da gente e não nos percebia, a gente ali, deitado, com a barriga bem encostada na areia quente do deserto.

A patrulha não era muito grande. Eram uns vinte homens. E não estavam melhor armados do que os nossos captores.

Quando o último deles passou, um dos homens se levantou e, certeiramente, jogou uma faca nas costas de um soldado.

— EEEEEEEEIIIIIIIAAAAA... — berrou o pobre coitado, caindo do camelo, sem poder fazer nada, a faca cravada nas costelas.

Mas o seu berro havia alertado toda a patrulha.

Todavia eles haviam sido colhidos de surpresa. Os homens que estavam deitados, sem se levantarem, tomaram os fuzis e foi de novo aquele tiroteio, que acontecia por ali tantas vezes que eu já estava me acostumando!

Os paquistaneses não tiveram a menor chance. Colhidos de surpresa, sem tempo para se organizarem, perderam a disciplina e puseram-se em fuga.

Pouco tempo depois, só restava ali naquele campo de batalha o homem atingido pela faca de um dos beluchis.

— Vamos embora daqui... — falou o comandante do nosso grupo. — Daqui a pouco eles virão no nosso encalço. Temos de estar no acampamento antes de escurecer, para podermos pegar o comboio...

E eles levantaram novamente os camelos, tiraram a nossa mordaça e, sem mostrar o menor interesse pelo corpo sem vida, que jazia naquelas areias ardentes, puseram-se em marcha novamente.

— Puxa! — Alice falou. — você tinha razão, Dico. Eles não pensam duas vezes antes de apertar o gatilho...

— E deve ser uma guerra muito difícil... você viu? A camuflagem era perfeita!

Mas aquele espetáculo terrível não nos dava muita vontade de conversar.

Fomos naqueles camelos ondulantes, atravessando a passo acelerado aquele deserto triste e morto, sempre em direção ao Afeganistão, conforme eu podia notar, pela posição do sol.

Paramos algum tempo depois para comer, uma carne de cabrito gordurosíssima que Alice polidamente recusou.

Vendo aquilo, um dos homens foi até um alforje que estava dependurado nas costas de um dos camelos e trouxe um pedaço de pão, sujíssimo.

Mas aquilo havia sido uma gentileza. Ele nos entregou o pão, sorrindo.

— Obrigada... — falou Alice e, limpando um pouco a crosta, deu uma mordida e me passou um pedaço.

Estava sujo sim.

Mas com a fome que estávamos, era delicioso.

Comemos o pão todo, até acabar.

E depois, por ordem do chefe, nos pusemos em marcha.

Algumas horas depois, já era de tardinha, quase escurecendo, chegamos a um acampamento.

CAPÍTULO VIII

UM INTERROGATÓRIO — BRASIL? UM CHEFE QUE GOSTA DE... — UMA NOITE ESTRELADA — UMA SURPRESA

Isto é, quase um acampamento.

Como aqueles caras estavam em guerra, viviam o tempo todo se movendo de lá pra cá, senão, seriam logo surpreendidos pelo exército paquistanês e liquidados. Por isso, o acampamento tinha somente uma tenda.

Aliás, eu estava até surpreso em saber que eles tinham um acampamento.

Talvez tivessem marcado algum encontro ali, talvez fosse o tal comboio que o sujeito havia falado. Mas, nada disso me interessava muito.

O beluchi que nos aprisionara ordenou que desmontássemos dos camelos, o que fizemos com muito prazer.

— Puxa! Pelo menos a gente não tem de ficar mais no meio dessas duas corcovas... — falou minha irmã, se massageando.

— Para onde você vai nos levar? — perguntei.

— Vocês agora vão ser interrogados. O nosso chefe é quem vai resolver que destino vai lhes dar...

Por toda a parte, só se viam pessoas armadas. Uns cães muito bonitos, vigorosos, andavam no meio dos soldados. No Afeganistão eles adoram lutas de cães. Talvez aqueles fossem cachorros de briga... — pensei.

Mas, logo chegamos na única tenda que havia sido levantada.

O homem nos deixou do lado de fora e foi lá dentro. Pouco depois, voltou e nos levou para o interior da barraca.

Durante todo aquele tempo, havíamos conversado com eles em inglês. Mas, entre si, eles falavam uma língua que eu não entendia nada. Talvez pashto, talvez farsi. Mas eu não conheço nenhuma delas.

E assim, quando entramos, o homem que nos escoltava falou umas coisas com um outro que estava sentado com as pernas cruzadas num tapete, no meio de duas sentinelas. A luz era fraca mas podíamos ver bem.

— Parece uma tenda de um beduíno! — Alice falou.

— Não parece... é — eu comentei.

— Silêncio! — falou um deles.

Ia começar o interrogatório.

O sujeito sentado no tapete, que, é claro, era o chefe, nos perguntou, em inglês:

— Muito bem... quem são vocês?

— Somos irmãos gêmeos, como você pode ver, e viemos do Brasil... somos turistas... viemos de barco até Karachi e depois pegamos o trem para Quetta, de onde íamos passar para o Afeganistão. Todavia, nosso trem foi atacado e ficamos perdidos no deserto. Depois, um dos seus homens nos capturou e nos trouxe até aqui... — eu falei.

— Vocês são brasileiros? — o chefe perguntou.

— Sim... — respondi. — Brasileiros do Rio de Janeiro...

— Ah! Brasil! Pelé! — o chefe falou.

— Pelé!

— Pelé!

Os outros repetiram em coro.

"Puxa", pensei, "não conhecem o Brasil mas conhecem o Pelé!"

— Muito bem... — falou o chefe. — eu gosto muito de futebol... quando fizermos a independência do Beluchistão, vou querer um time de futebol em condições de competir na Copa do Mundo...

Puxa!

Eu olhava para Alice. Ela olhava para mim. Sorrimos assim um sorriso amarelo e eu falei:

— É... Brasil... Pelé... Futebol... os beluchis com certeza vão ter um grande time... eu mesmo conheço o Pelé, pessoalmente... — menti.

— Você conhece o Pelé? — perguntou o beluchi.

— Claro! — falou Alice. — não saia lá de casa!

— Claro! — eu falei.

Eles estavam contentes. Éramos já quase umas celebridades.

— E o que vocês vieram fazer aqui no meio da nossa guerra? Por que não ficaram vendo um bom jogo de futebol no Brasil?

Tive vontade de dizer para ele que futebol não é minha paixão, mas achei que não era muito diplomático, naquele momento, poderia cortar o entusiasmo.

— Nós não temos nada com a guerra, como já falei... foi tudo apenas uma infeliz coincidência...

— Ora... mas isso não é nada... — o chefe ria enquanto falava. — Vocês são amigos do Pelé?

— Grandessíssimos amigos... — menti de novo.

— Ora... então estão livres... amanhã de manhã vou mandar levar vocês para Kandahar, logo ali, depois da fronteira com o Afeganistão, e então vocês podem ir para o Brasil, de volta...

Eu não conseguia acreditar no que estava ouvindo. Livres? Parecia um sonho. Fiquei parado ali, meio abobado.

— Ora, muito obrigada... — falou Alice. — Quando chegarmos ao Brasil, vou lhe mandar um retrato autografado do Pelé...

— Muito obrigado... — falou o chefe.

— Ora, é um prazer... — consegui articular.

Aí, ele falou umas coisas com o homem que havia nos feito prisioneiros e depois, voltando-se para nós, disse:

— Hoje vocês dormem aqui, conosco. Amanhã serão levados para Kandahar... agora, vão com ele...

— Sigam-me... — falou o cara que estava nos escoltando.

— Com o maior prazer... — falei.

Saímos da tenda, já era de noitinha e o cara nos levou até uns sacos de dormir, perto de umas tralhas de cozinha, e disse:

— Vocês podem dormir aqui... não tem nada a temer... até amanhã. Mas... fiquem aqui, entenderam?

E retirou-se.

— Puxa! Isso é que se chama SORTE! Não é, Alice?

Mas ela estava absorta, contemplando o céu.

— Olhe, Dico, como é bonito o céu aqui no deserto — ela falou.

E era verdade. Como ali era muito seco, podíamos ver as estrelas com muito mais clareza.

Mas, eu estava muito cansado. Me deitei dentro do saco de dormir e... apaguei.

"Amanhã", ainda pensei antes de fechar os olhos, "amanhã estaremos livres..."

Mas, Alice não estava com tanto sono.

Ela se levantou e ficou andando por ali, olhando as estrelas.

E nisso ela viu chegar ao acampamento um comboio de camelos. Um homem desmontou e foi direto para a tenda do chefe.

Estava escuro. Ninguém percebia nada. Alice, curiosa, se esgueirou entre as sombras e postou-se encostada à barraca, escutando. Os dois homens conversavam bem baixinho, como que segredando. Mas, por sorte, ela havia ficado no lugar certo e podia ouvir tudo o que eles falavam.

— O carregamento está aí fora... — disse o recém-chegado, em inglês.

— Muito bem... muito bem... — repetiu o chefe. — Dessa vez faremos esses paquistaneses comerem fogo... e criaremos o estado independente do Beluchistão...

— Mas não se esqueça o que você nos prometeu! — falou o homem que havia acabado de chegar.

— Ora, embaixador,... você sabe que eu e todos os meus bravos apreciamos muito a colaboração do governo afegão... essas armas são de um valor incalculável para nossa causa...

— E pretendemos continuar auxiliando vocês...

Mas ele não chegou a completar a frase.

Um homem que estava andando lá fora, talvez como sentinela, descobriu Alice. E deu-lhe um empurrão, fazendo-a cair bem no meio da tenda, bem no meio dos dois homens que conversavam.

CAPÍTULO IX

TUDO FOI POR ÁGUA ABAIXO, ATÉ A AMIZADE COM O PELÉ! — A TERRÍVEL CURIOSIDADE FEMININA MAIS UMA VEZ ATACA, DANDO UMA ERRADA... — MAS...

— O quê? — berrou o chefe beluchi, ao ver minha irmã irromper daquela maneira no meio da sua animada conversação.

— Ela estava espionando aí fora. Eu tive a sorte de passar... — falou o sentinela.

— Mas... mas... — o recém-chegado falava, sem entender. — quem é essa menina?

— É uma... uma... — o chefe não conseguia se explicar direito.

— Olhe, Mohamed... — ele falou com o chefe. — ninguém pode conhecer o nosso segredo... se descobrem, nossos planos irão por água abaixo...

— Eu não estava ouvindo nada... — falou Alice.

— Cale a boca... — falou o chefe. — você estava ouvindo sim...

— Ela deve ser uma espiã — falou um deles.

— Claro — repetiu o Mohamed. E dirigindo-se para Alice. — Olhe, isso é um segredo importante...

— Eu não sou espiã... — berrou ela.

— Não importa... agora você já sabe que o Afeganistão está nos fornecendo armas em troca de um porto de mar...

— Eu não sei... — ela berrou de novo.

Nisso, o recém-chegado, vendo a confusão, falou:

— Olhe, eu sou afegão. Estou trazendo armas para os beluchis lutarem contra os paquistaneses. Em troca, os beluchis vão nos dar acesso a um porto no Golfo Pérsico... o Afeganistão é um país sem mar... essa é a nossa oportunidade de ter um porto... e isso que eu acabei de lhe contar é um segredo que ninguém pode saber... senão, o Paquistão pode declarar guerra ao Afeganistão, entende?

— Mas, eu não sei de nada... — ela falou.

— Não sabia... mas agora, depois que eu lhe contei, já sabe... e a única solução é condenar você à morte...

— Mas eu não tenho nada com isso... — ela protestou.

— Não interessa... — berrou o chefe. — isso põe um ponto final na discussão. Você está condenada à morte, ouviu? Vai morrer pela manhã, você e seu irmão — e dirigindo-se para a sentinela que a havia surpreendido:

— Leve-a e amarre-a juntamente com o outro gêmeo num poste. Eles serão executados pela manhã...

— Mas... — ainda Alice tentava alguma coisa.

— Nem mas, nem meio mas... para fora...

E enquanto minha irmã saía, ainda pôde ouvir o afegão falar com o chefe:

— Essa foi uma decisão acertada, Mohamed. Não podemos correr o risco de termos os nossos planos estragados por uma espiã!

E foi assim que eu fui acordado violentamente no meio da noite e levado, juntamente com Alice, para um poste de madeira, onde eles nos amarraram solidamente, com cordas de couro.

— Puxa! — falou Alice. — foi tudo minha culpa! O que é que eu tenho com essa gente querendo se matar por causa de um porto de mar?

Mas, não havia nada a fazer. A noite estava estrelada, belíssima. Era realmente a noite antes da execução!

— Puxa! e você foi logo descobrir a porcaria do segredo deles! — eu falei.

— E um segredo que nem me interessa! Quê que eu tenho que ver com o fato do Afeganistão estar dando armas para o Beluchistão se libertar do Paquistão? É "ão" demais pra minha saúde...

E o pior é que não há nada que a gente possa fazer... — eu falei.

— O jeito é a gente esperar a morte graciosamente, sem medo... — ela respondeu. gente?

— Como será que eles vão matar a gente? — indaguei.

— Provavelmente com um pelotão de fuzilamento... — ela respondeu.

— Que diferença será que isso faz?

— Nenhuma. Se a gente ao menos conseguisse pensar em alguma coisa... eu detesto morrer sem fazer nada...

— Ora, Alice, amanhã, quando eles vierem nos buscar, podemos morder, chutar, aprontar uma confusão tão grande que no fim a gente morre lutando, ao invés de morrer friamente...

— Ora, a gente não tem a menor chance.

E era verdade. Estávamos presos, bem amarrados.

E a noite foi passando.

Já era bem tarde.

No horizonte, embora ainda não fosse a aurora, já dava para perceber que dentro em pouco o dia ia nascer. E nós íamos morrer.

"O nosso último nascer do sol", pensei.

Que diabo! Eu não ia morrer sem fazer alguma coisa. Furiosamente, dei uns safanões naquelas cordas de couro.

Mas, era impossível.

Eu não tinha forças, energia, para rebentá-las.

Comecei a pensar no papai, no Prata.

Puxa! eles deveriam estar atrás da gente.

Mas, o que ia adiantar?

— Até que foi legal aquele passeio na Espanha — falou minha irmã.

— Menos aquela corrida do touro, no pasto. Aliás, isso até que não foi tão ruim. O ruim mesmo foi a tal tourada. Que loucura, não é, Alice?

— Pois é, Dico. E foi por causa daquilo que finalmente nos envolvemos nesta enrascada... se ao menos a gente tivesse uma ideia que pudesse nos ajudar...

— Se eu fosse o Super-Homem, quebrava estas cordas de couro e nós escaparíamos daqui num segundo...

— Ei, Dico... você acaba de me dar uma ideia... — ela falou.

— O quê? Me transformar num super-homem?

— Você se lembra daquele papo que a gente teve na mesa, sobre a adrenalina? Que tem uma glândula no corpo, sei lá onde, que injeta adrenalina no sangue e a pessoa pode dar o maior pulo por causa disso?

— Não é bem assim, Alice... a adrenalina é uma substância que aumenta a energia, a velocidade, faz você correr, pular... por que você está perguntando isso?

— É que eu tive uma ideia, Dico. Quem sabe se eu usar os meus poderes extrassensoriais e conseguir, através da concentração, injetar uma enorme quantidade de adrenalina na sua corrente sanguínea? Fazer sua glândula produzir um litro, sei lá quanto, de adrenalina e jogar toda na tua corrente sanguínea? Você vai ficar como um raio... e aí, com esse aditivo, quem sabe você não pode quebrar essas cordas?

Olhei para Alice. Talvez, por causa dos últimos acontecimentos, ela estivesse sonhando acordada...

— Ora, Alice, mas que bobagem... a adrenalina não se produz assim, e depois... bem... em todo caso, por que não? Afinal, não temos nenhuma outra escolha!

E ela fechou os olhos e começou a se concentrar.

O dia já começava a querer despontar. Estava escuro ainda, mas eu já podia ver um cor-de-rosa quase no horizonte.

Alice se concentrou.

De repente, senti uma quentura subindo das minhas pernas. Comecei a me sentir agitado.

"Calma!", pensei, "calma."

Era o truque de Alice. Estava funcionando.

De repente, como se tivesse sido atingido por um raio, senti uma enorme eletricidade, uma enorme energia subindo pelo meu corpo. Fiquei como cego de ódio, de raiva, de uma coisa até muito maior do que isso. Com um berro, como se fosse um animal enfurecido, dei um safanão nas cordas.

Elas se rebentaram, arrancando a pele dos meus pulsos. Quase sem pensar, fiz o mesmo com Alice.

Estávamos livres!

CAPÍTULO X

HAJA ADRENALINA! — SURPRESAS — PARA NÓS, PARA ELES E PARA TODOS — AH! AH! HAJA ADRENALINA!

O meu berro acordou todo mundo.

Mas naquele momento não havia ninguém que pudesse comigo.

Saímos correndo em direção aos camelos, eu atropelei, sem mesmo pensar, os guardas que tentaram me impedir a passagem.

— Corra, Alice... — eu falava.

— Estou aqui mesmo, Dico. Vamos pegar esses camelos e escapar logo.

E foi o que fizemos.

Pulamos nos bichos e já saímos em disparada.

Mas, era muito difícil para mim.

A adrenalina no meu sangue me dava vontade de correr, de pular, de gastar minhas energias. Eu tinha de fazer um esforço sobre-humano para me manter na sela.

— Eles estão vindo atrás de nós — falou minha irmã.

Mas a minha energia parece que se comunicava às montarias: os camelos pareciam galopar como cavalos. Tínhamos de usar todo o conhecimento que havíamos tido de como andar neles para não cair.

Nesse momento, começaram a atirar.

Mas, já íamos longe.

Felizmente eu havia prestado bastante atenção ao caminho que havíamos tomado para chegar até o acampamento. De modo que me dirigi exatamente por onde havíamos vindo. Minha esperança era chegar até o trem ou encontrar uma patrulha paquistanesa regular.

Pouco a pouco, todavia, eu fui me acalmando. Talvez por causa do gigantesco esforço que eu havia despendido, comecei a me sentir incrivelmente fraco.

— Alice... — eu falei. — estou me sentindo fraquíssimo... acho que vou desmaiar...

— Calma, Dico... temos de seguir... eles ainda vêm atrás de nós...

E era verdade. Com a diminuição da marcha, eu já podia ver, contra a linha do horizonte, uns três ou quatro cavaleiros, em nossa perseguição.

Mas o esforço que eu havia feito havia sido realmente demasiado. A reação àquela quantidade absurda de adrenalina injetada na minha veia pela concentração dos poderes extrassensoriais de minha irmã começava a ter o efeito contrário.

Eu sentia uma enorme vontade de... chorar!

E enquanto aqueles beluchis nos perseguiam pelo deserto, eu chorava copiosamente...[8]

---

8 Nota do Org.: Em grande quantidade, abundantemente.

— Mas... o que é isso? — perguntou Alice.

— Não... (soluço)... sei... (soluço)... acho que é uma reação à adrenalina... — eu falei, enquanto continuava a chorar.

Alice começou a rir.

Era realmente demais, a minha irmã: a gente ali no meio do deserto, perseguidos por uma tropa de homens a fim de nos matar, eu chorando e ela ria!

Mas não foi por muito tempo.

Os nossos perseguidores visivelmente ganhavam terreno. E começavam a atirar.

— Se esconda bem atrás dessas corcovas — Alice falou, enquanto as balas passavam zunindo. — Estamos no caminho certo. Posso ver as pegadas que fizemos quando viemos, prisioneiros. Dentro em pouco, chegaremos ao lugar onde houve aquele ataque ao exército do Paquistão... quando o cara jogou a faca...

Mas, ela não terminou de falar.

E aquilo tinha de acontecer, de qualquer modo...

Uma das balas acertou o meu camelo e rolei por terra, chorando.

Alice deu uma volta e me apanhou do chão.

— Vamos Dico... temos de conseguir...

Mas agora não tínhamos nenhuma chance. Com duas pessoas a bordo, o nosso camelo não era páreo para os outros que vinham atrás de nós.

Uma outra bala certeira atingiu nossa montaria e caímos os dois por terra.

Saímos correndo pelo deserto.

E eles vinham atrás de nós.

De repente, nos alcançaram.

Fizeram um círculo em nossa volta.

— Bem... é o fim! — minha irmã falou.

Tentei parar de chorar. Queria morrer com toda a dignidade.

O tal de Mohamed, pois era ele que estava na cabeça dos nossos perseguidores, apontou o fuzil para Alice, com cuidado e ouvi o *crac* seco do tiro...

E uma coisa surpreendente aconteceu: o tal Mohamed que estava querendo atirar em Alice caiu, varado por uma bala.

Olhei para Alice.

Ela estava vivinha da silva!

Olhei em volta: a uns vinte metros, um grupo de cavaleiros, o papai e o Prata na frente atacaram os beluchis!

"Bem, bem na hora!", pensei.

Começou o maior pandemônio. Os nossos perseguidores, surpresos, deram meia-volta e se puseram em fuga, o chefe morto.

—Papai... Prata... — berrei. — estamos aqui...

E saímos correndo na sua direção.

* * *

Bem, depois de muitos abraços, de contarmos o que havia acontecido conosco, fomos para Karachi e pegamos o *Fuwalda*.

Agora, estamos no *Fuwalda*.

Velejando, velejando, velejando.

Velejando, velejando, velejando.

Isso é que é vida.

No mar, ninguém fica querendo matar o outro. E só aqueles peixinhos coloridos. Aquela água maravilhosa e o *Fuwalda*, o nosso saveiro, que corta as águas do oceano elegantemente, como nenhum outro.

*

*   *

Posfácio[1]

Leonardo Nahoum

Com a ajuda da tecnologia que normalmente inspirava seus livros, pedi a Carlos Figueiredo, via aplicativo de mensagens, na primeira semana de março de 2023, alguns parágrafos para o prefácio desta segunda aventura inédita de *Dico e Alice*, cujos originais, resgatados por mim dos arquivos da Ediouro durante minhas pesquisas de mestrado e doutorado, podem agora finalmente ser lidos por seus fãs, após quase cinquenta anos no ostracismo das gavetas do esquecimento (é o segundo passo no projeto de publicar os oito títulos inéditos recuperados há cerca de dez anos, e uma boa oportunidade de celebrar o aniversário do escritor maranhense, que em 30 de dezembro de 2023 completou 80 anos). Surpreendido pela resposta do autor, que se recuperava de uma pequena, mas importante, cirurgia, trocamos alguns calorosos dedos de prosa e rimos da coisa toda; o autor iria (re)ler a própria obra há muito esquecida para então apresentá-la a seus leitores.

Seguindo-se, portanto, à publicação do trabalho de nossa autoria que jogou luz sobre a Coleção *Mister Olho*, a série *Dico e Alice* e a voz de seu autor Carlos Figueiredo, e à publicação do volume *Dico e Alice a cavalo nos pampas* (2022/1976), chega agora a vez de *Dico e Alice e a aventura no Beluchistão* (2024/1976),

1 Trechos deste posfácio aproveitam partes da tese de doutorado *Mister Olho: de olhos abertos... ou será que não? Uma análise crítica da coleção infantojuvenil Mister Olho e de seus autores à luz (ou sombra...) da ditadura militar* (2019), que aparecem no volume *Livros de bolso infantis em plena ditadura militar* (2022, AVEC Editora).

que deveria ter sido o 13º episódio da saga dos gêmeos cariocas. Aos poucos, os demais inéditos que descobrimos irão ganhando o papel, nos próximos meses e anos, ampliando nossa visada e alcance sobre a literatura infantojuvenil brasileira de gênero durante a ditadura militar.

Carlos Figueiredo e a série *Dico e Alice*: aventuras fantásticas como disfarce para uma agenda *beatnik*

Filho de funcionário público, Carlos Figueiredo (depois do nascimento em São Luiz e alguns anos em Teresina) vive a maior parte de sua infância e juventude em Belo Horizonte e Brasília, antes de se mudar para o Rio de Janeiro em 1964 (ano do golpe militar), acompanhado de Claudio Galeano de Magalhães Linhares (na época, companheiro da ex-presidente do Brasil Dilma Roussef), por conta do clima de perseguição política que imperava. Atuando profissionalmente em agências de propaganda, ora como empregado, ora como sócio, Figueiredo se veria forçado a deixar o país, em 1971, depois de alguns militantes antirregime seus conhecidos serem presos. Em depoimento inédito, o autor esclarece o episódio e o autoexílio que se segue até a época em que escreve a série *Dico e Alice*.

> Em 1971, no Rio, colaborava com o militante José Roberto Gonçalves de Rezende, um amigo de ginásio em Belo Horizonte, na elaboração de um plano para sequestrar um ex-ministro do governo militar. Em uma festa na garagem da Rua Montenegro, onde então morava, depois de ter me separado da Célia, na comemoração do aniversário de minha então companheira, Dorinha, apresentei José Roberto a Zaqueu Bento, outro militante, que se conheciam até aquele momen-

to somente por codinomes. Algumas semanas depois Zaqueu foi preso, segundo um amigo comum, o cineasta Guaracy Rodrigues, em razão da delação da irmã de sua companheira, em um surto psicótico. Zaqueu, pelo que constava, tinha um encontro – um ponto, como se dizia então – numa livraria, com José Roberto, onde este "caiu", como se dizia. O fato é que José Roberto foi preso, o que foi determinante para a minha saída do Brasil.

Saí do Brasil por Foz do Iguaçu, indo então, pela Argentina, indo de trem, no ainda existente Transandino, para Santiago do Chile. (...) Em Santiago, fiquei um período na casa do músico Geraldo Vandré, que era casado com uma chilena chamada Bélgica. Minha ex-mulher, Célia Messias, veio ao meu encontro, com os proventos da venda de um automóvel de minha propriedade, o que nos permitiu viajar pela costa sul-americana do Pacífico, até Lima. Entramos pelo Amazonas, via Pucalpa, Iquitos, viajando pelo correspondente peruano do nosso Correio Aéreo Nacional, daí, de barco, até Letícia (na Venezuela), Benjamim Constant e Manaus, onde consegui com um primo, oficial da Aeronáutica, uma passagem pelo CAN para o Rio.

Moramos por um tempo no Rio, em Araruama, em uma casa de pescador, (...) mas havia um desencanto muito grande com o País e resolvemos ir para a Europa, o que fizemos, a bordo de um navio, indo para Lisboa.

Teve início aí um período de viagens que nos levou para a França, Inglaterra, Holanda, Alemanha e daí para a rota até a Índia. Permanecemos *on the road*, indo e vindo da Inglaterra para a Índia e o Nepal até 1974, quando nasceu a minha filha, Luar, com Patricia Furness, uma inglesa que conheci em Delhi, que veio para o Brasil comigo, com quem vivi por quase duas décadas (...) – e tivemos duas filhas. Fomos morar no Rio de Janeiro, no bairro de Santa Tereza. Foi nesse período que escrevi, por indicação do Noguchi, que fazia as capas da coleção *Mister Olho*, a série *Dico e Alice*. (FIGUEIREDO, 2014a, p. 1)

Carlos Figueiredo, a partir de 1977, deixa a literatura infantil e fantástica de lado, mas segue "fazendo a diferença" no cenário político brasileiro, trabalhando com Franco Montoro, importante figura do processo de redemocratização, tanto no senado quanto no governo de São Paulo. A carreira profissional de Figueiredo, a partir de então, ficaria definitivamente associada à consultoria na área de comunicação e *marketing* políticos, ainda que ao longo dos anos o autor tenha oferecido ao público algumas esparsas coletâneas de poemas (*Estranha Desordem*, 1983, Paz & Terra, e *Goliardos*, 1998, Bibla) e tenha se mantido ativo como idealizador de projetos de incentivo à leitura e à poesia.

E de que trata a série *Dico e Alice*, afinal? Publicada entre 1976 e 1977 pela Ediouro, seus 11 livros contam as aventuras dos irmãos gêmeos Dico (o narrador) e Alice, que viajam pelo Brasil e pelo mundo acompanhados do pai, biólogo marinho, e do marinheiro Prata, sempre a bordo do saveiro Fuwalda (homenagem ao navio dos pais de Tarzan). Rica em colorido local (Figueiredo esmera-se em incluir referências às diferentes culturas por onde se passam as histórias), o primeiro elemento fantástico que transparece no conceito da série é o da paranormalidade de Alice, dotada de poderes telepáticos e de extra percepção. Para efeito de registro (como já ressaltamos, a série jamais foi merecedora de estudo ou registro no âmbito da literatura acadêmica brasileira sobre o gênero fantástico ou infantil), seguem-se os títulos dos 11 volumes editados, bem como dos adicionais 10 manuscritos inéditos em poder da editora:

01 – *Dico e Alice e o Último dos Atlantes* (1976)
02 – *Dico e Alice no Triângulo das Bahamas* (1976)
03 – *Dico e Alice – Arecibo chamando...* (1976)
04 – *Dico e Alice e os Fenícios do Piauí* (1976)
05 – *Dico e Alice e o Yeti do Himalaia* (1976)
06 – *Dico e Alice e a Ilha da Diaba* (1977)
07 – *Dico e Alice em Atacama, o Deserto da Morte* (1977)

08 – *Dico e Alice e o Cérebro de Pedra* (1977)
09 – *Dico e Alice e Talassa, a Ilha no Fundo do Mar* (1977)
10 – *Dico e Alice e o Pajé Misterioso* (1977)
11 – *Dico e Alice e a Armadilha no Tempo* (1977)
12 – *Dico e Alice a Cavalo nos Pampas* (1976 – inédito até 2022)
13 – *Dico e Alice e a Aventura no Beluchistão* (1976 – inédito até 2024)
14 – *Dico e Alice e Mãe Gangana*, a Terrível (1976 – inédito e possivelmente perdido)
15 – *Dico e Alice e a Ecoexplosão* (1976 – inédito e possivelmente perdido)
16 – *Dico e Alice e o Rei do Mundo* (1977 – inédito)
17 – *Dico e Alice e a Planta Maluca* (1977 – inédito)
18 – *Dico e Alice e a Floresta Petrificada* (1977 – inédito)
19 – *Dico e Alice e o Veleiro Negro* (1977 – inédito)
20 – *Dico e Alice e a Guerra de Nervos* (1977 – inédito)
21 – *Dico e Alice e a Viagem ao Futuro* (1977 – inédito)

Sobre a série *Dico e Alice*, Figueiredo é categórico quanto a suas intenções ao tecer as tramas e situações fantásticas onde lança suas personagens. Mais especificamente, quanto à sua agenda dupla de combate à ditadura e ao *status quo* sociocultural.

> Aqui, lutávamos contra a ditadura e a caretice ao mesmo tempo. (...) Em *Dico e Alice* começo pela afirmação do andrógino. Dois irmãos gêmeos – foram criados assim por essa razão – tipo univitelinos, sobre os quais o narrador afirma que poderiam passar um pelo outro, o que de fato chega a acontecer, de verdade, em *No Triângulo das Bahamas*. Depois, a vivência por estados alterados de consciência, já presente no primeiro volume, quando os "fenícios", que queriam ir para as estrelas, na realidade terminam vivendo isso em sonho, em uma caverna, e a nossa dupla, ao invés de acordá-los, deixa-os ficarem assim, argumentando que a realidade sonhada é também uma realidade.

> Durante todo o tempo tentei falar de coisas sobre as quais não se falava, como a morte, como acontece no final de *No Triângulo das Bahamas*, quando Alice diz para o pai "O que de mais pode acontecer conosco se até morrer já morremos?". (...)
>
> Há em todo o trabalho uma visão *à la* Emília do Lobato, sobre a liberdade de pensamento, sobre a ideia que vai na linha contrária das outras. Em quase todos os aspectos – inclusive na questão ecológica, no direito dos diferentes – segui o que poderíamos chamar de uma "agenda *hippie*" ou "contracultural" ou "*beat*". (FIGUEIREDO, 2014b, p1)

Vale lembrar que, mesmo considerando-se apenas os 11 livros editados, trata-se da mais extensa série infantojuvenil brasileira de ficção científica de que se tem notícia. Com relação aos temas, como seria de se esperar, são numerosas as histórias envolvendo autocratas obcecados por dominar o mundo, sejam eles sobreviventes de Atlântida, computadores malignos, criaturas do centro da terra, alienígenas de outra dimensão ou os conhecidos "cientistas loucos" de costume. Mas a agenda libertária de Figueiredo, como já frisamos, não era apenas política, mas também (contra)cultural e sociológica. E estava atenta a questões que só muitos anos depois entrariam no cardápio temático da produção infantojuvenil do país: a defesa do meio ambiente e dos direitos dos animais (em *Aventura no Beluchistão*, os gêmeos presenciam uma sangrenta tourada espanhola, que condenam com veemência), os males da comida industrializada, os efeitos negativos da globalização e da cultura de massas, a séria questão indígena no Brasil e, finalmente, a ameaça representada pela censura e pelo autoritarismo.

Protestos contra a ditadura e a falta de liberdade de expressão, elogios a estilos de vida alternativos (medicina oriental, vegetarianismo e alimentação macrobiótica, ioga e meditação), denúncia ferrenha contra a destruição do meio ambiente e o aumento da poluição urbana, defesa incondicional da vida, cultura e valor dos povos indígenas, repúdio às guerras, armas e mesmo ao conceito de pátria... toda essa agenda Carlos Figueiredo conseguiu contrabandear para dentro das páginas dos onze livros de sua saga publicada pela Edições de Ouro.

Os dez livros que permaneceram inéditos não ficariam para trás: em *Dico e Alice a Cavalo nos Pampas* (que deveria ter sido o 12º episódio), o pai das crianças, biólogo marinho, é convidado a estudar o impacto ambiental do afundamento de um superpetroleiro no Estreito de Magalhães – avaliar o estrago causado à "fauna e a flora da região..." (FIGUEIREDO, 1976a, p. 16). A aventura de fundo eminentemente ecológico ganha outros contornos assim que surge uma ameaça vinda do fundo da Terra, bem como uma raça de índios que também vivem por lá, em um ambiente utópico onde "não há fome... não há guerra..." (FIGUEIREDO, 1976a, p. 34). Em *Dico e Alice e a aventura no Beluchistão* (13º episódio abortado), a família segue "tentando entender o efeito terrível da poluição nos oceanos" (FIGUEIREDO, 1976b, p. 8), mas sua viagem permite a inclusão de críticas às touradas e às guerras, bem como oferecer aos leitores uma complexa trama política na Ásia onde não faltam golpes, contragolpes, ataques e lutas por independência.

A narrativa inédita seguinte, *Dico e Alice e o Rei do Mundo* (Figura 1), outra envolvendo ameaças de ditadores totalitários (o tema, como veremos depois, aparece em muitos dos livros publicados da série), além de novamente citar o problema da poluição – o grupo sai do Rio, dessa vez, porque "a poluição estava muito forte" (FIGUEIREDO, 1976c, p. 6) –, traz outras pérolas de enfrentamento que, infelizmente, não chegaram aos leitores: a ideia de um super-herói *hippie*, "todo de branco, todo pacífico... [que só] ia dar flores" (FIGUEIREDO, 1976c, p. 6), segundo Dico, e a reflexão do rapaz ao final da história, quando refuta a ideia da irmã de aproveitar a máquina capturada do Rei do Mundo para eles mesmos reformarem o planeta conforme suas crenças (Dico questiona Alice sobre ela estar pensando em se tornar uma "Rainha do Mundo").

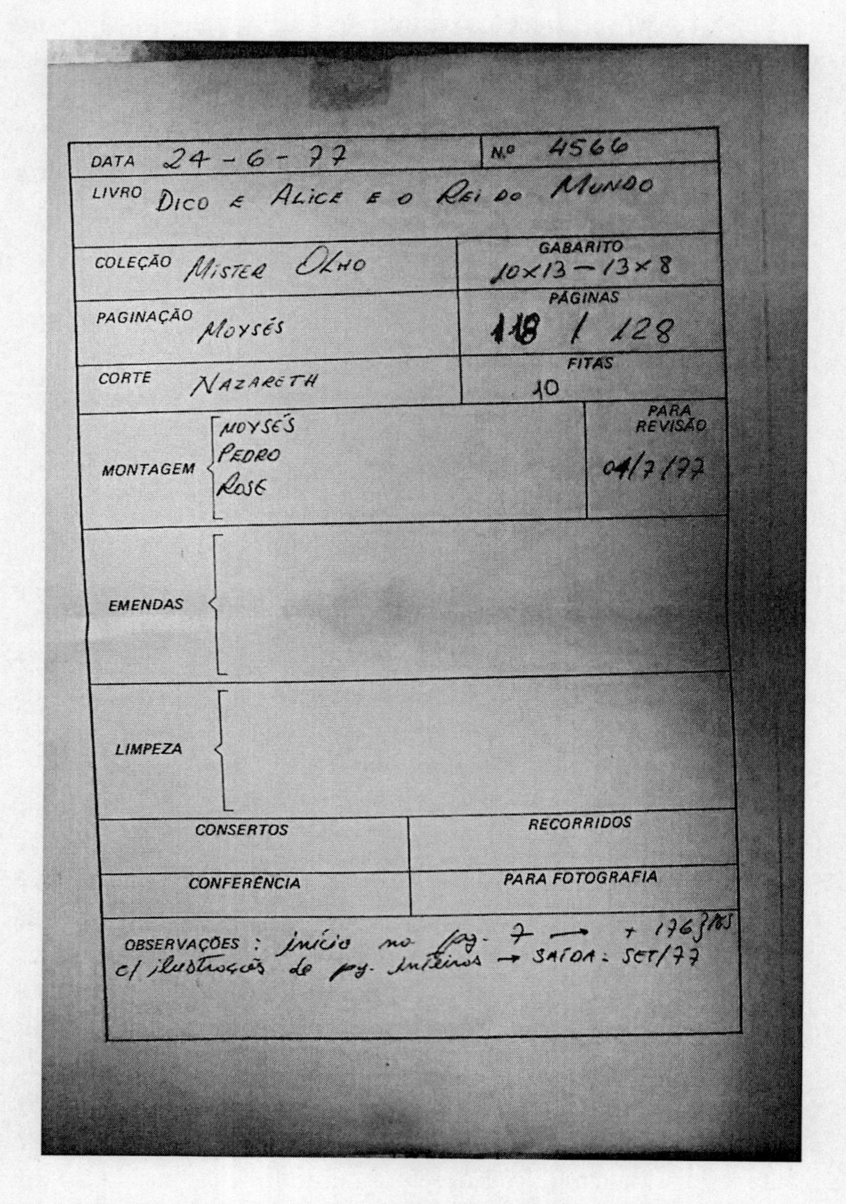

DATA 24-6-77 | Nº 4566

LIVRO Dico e Alice e o Rei do Mundo

COLEÇÃO Mister Olho | GABARITO 10×13 — 13×8

PAGINAÇÃO Moysés | PÁGINAS 118 / 128

CORTE Nazareth | FITAS 10

MONTAGEM Moysés, Pedro, Rose | PARA REVISÃO 04/7/77

EMENDAS

LIMPEZA

CONSERTOS | RECORRIDOS

CONFERÊNCIA | PARA FOTOGRAFIA

OBSERVAÇÕES : início na pg. 7 → + 176 }
c/ ilustrações de pg. inteiras → SAÍDA: SET/77

Figura 1 – Ficha de produção do livro inédito *Dico e Alice e o Rei do Mundo*

> – Ora, Alice, todo tirano pensa assim, que está fazendo o bem... Quem sabe o que é bom para si é o povo... Liberdade, essa é a única maneira de resolver qualquer problema da humanidade. (FIGUEIREDO, 1976c, p. 50)

Em *Dico e Alice e a Planta Maluca* (percebe-se aqui influências do inglês John Wyndham e seu *O Dia das Trífides*, de 1951), outra prova da ousadia surpreendente de Carlos Figueiredo: no enredo fortemente voltado à denúncia ambiental, onde a destruição do ecossistema do Pantanal, os campos de pouso clandestinos para a prática de contrabando e a destruição causada pela mineração são as bolas da vez, o autor maranhense tem a coragem de citar de maneira elogiosa o filme *Jardim de Guerra*, do diretor Neville d'Almeida, logo depois de dizer que o saveiro Fuwalda (barco dos protagonistas) estava servindo, no começo da aventura, de locação para um filme de piratas do cineasta.

> O *Fuwalda* havia virado estrela de cinema!
>
> Tudo havia acontecido quando estávamos no Rio de Janeiro e o diretor de cinema Neville de Almeida, que havia feito o belíssimo filme *Jardim de Guerra*, viu o Fuwalda ancorado no porto da Praça Quinze. (FIGUEIREDO, 1976d, p. 9)

Jardim de Guerra é tido como o filme mais censurado de todo o cinema brasileiro, tendo sofrido nada menos que 48 cortes. Ao ser entrevistado pela revista eletrônica *Arte Capital*, Neville d'Almeida, famoso por películas consagradas como *A dama do lotação* (1975), *Rio Babilônia* (1982) e *Navalha na carne* (1997), relata que "quando [o filme] ficou pronto (...) é editado o tal do Ato Institucional nº 5 que cortava todos os direitos e liberdades civis. (...) O filme foi proibido, interditado e jamais exibido. Então eu lutei, mas não aconteceu" (ALMEIDA, 2012). Longe de ser uma história de piratas como a do fictício projeto incluído no datiloscrito inédito de *Dico e Alice*, *Jardim de Guerra* apresenta a história de Edson (Joel Barcelos), um jovem tomado pela amargura e pela falta de perspectivas que se apaixona por uma cineasta, sendo em seguida injustamente acusado de terrorismo por uma organização de direita que o toma prisioneiro e o submete a interrogações e a torturas. Para Pietra Fraga, que assina o texto da *Arte Capital*, trata-se de

> um filme ousado, provocatório e premonitório, abordando temas intocáveis como a floresta amazônica, drogas, política e feminismo. Inscrevendo-se num registro marginal, rompe com a proposta do Cinema Novo brasileiro, as linguagens vigentes (fazendo uso de slides, *posters* e fotografias fixas para jogar com a dinâmica do movimento cinematográfico) e as exigências da ditadura militar. (FRAGA, 2012)

Como se vê, Figueiredo queria seguir tocando esses mesmos temas intocáveis e que ainda permaneciam assim quase dez anos depois da produção (e proibição/inviabilização) de *Jardim de Guerra*. Suas referências avançadas a "essas ideias mesquinhas de pátria" (FIGUEIREDO, 1976e, p. 27) ou ao gasto com gasolina, no Brasil, ser maior que aquele "com comida e educação" (FIGUEIREDO, 1976e, p. 31) nunca foram mero matraquear sem base: sempre foram denúncias de alguém que seguia e segue comprometido com as capacidades da razão humana e do progresso tecnológico (daí, provavelmente, a escolha do gênero ficção científica na formatação de sua série infantojuvenil) para a superação dos desafios do mundo. Como diz Alice em *Dico e Alice e a Floresta Petrificada* (aquele que seria o livro 18; Figura 2), "não existe nada no mundo que não possa ser decifrado. A questão é a gente acreditar na inteligência..." (FIGUEIREDO, 1976e, p. 92).

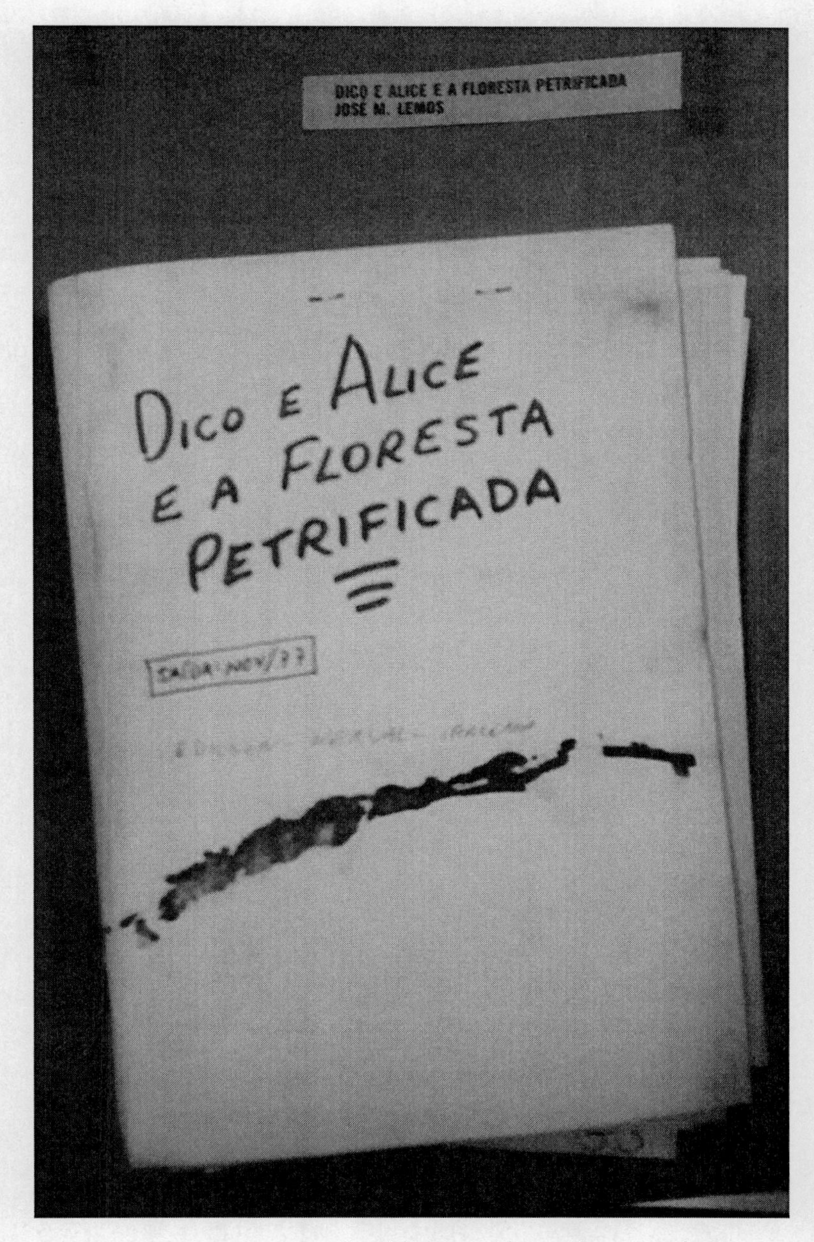

Figura 2 – Pasta de originais do inédito *Dico e Alice e a Floresta Petrificada*

Finalmente, pode-se procurar em vão, no *corpus* da *Mister Olho* ou mesmo no mais vasto universo da literatura infantojuvenil brasileira, por um paralelo ou análogo ao tratamento que Figueiredo dá à questão feminina e à da igualdade entre os gêneros nos livros de *Dico e Alice*. Em especial em *Dico e Alice e o Veleiro Negro*, o inédito datiloscrito 19, há um excelente exemplo disso, que infelizmente foi negado ao leitor...

> Usando toda a agilidade de que éramos capazes, pulamos do escaler para a escada do enorme veleiro.
>
> Isto é, eu pulei.
>
> Alice veio logo atrás de mim e lhe estendi a mão.
>
> *Minha irmã cada vez mais está entrando nessa de independência feminina. Acha que as mulheres são iguais aos homens. E, por isso, quer fazer tudo sozinha.*
>
> *Eu acho isso muito legal. Muito legal mesmo e dou a maior força para ela.* Mas, devo confessar que às vezes, minha irmã exagera.
>
> Como naquela hora que eu lhe estendi a mão.
>
> – Pode deixar que eu vou sozinha – ela falou. E pulou para a escada. (FIGUEIREDO, 1976f, p. 12. Grifo nosso.)

Muito mais do que entreter, ou incutir gosto pela leitura, Figueiredo procurava fazer de *Dico e Alice* oportunidades de tomada de consciência, de reflexão, de independência intelectual e de autogoverno. Como neste diálogo que fecha o já citado *Floresta Petrificada,* quando os gêmeos rechaçam o plano de uma entidade chamada de Vigilante, que tentava impedir o progresso tecnológico do ser humano porque "a história da humanidade é a história da opressão" (FIGUEIREDO, 1976e, p. 114):

> – Mas temos de seguir o nosso caminho... – eu falava. – Quem sabe de nós somos nós mesmos...
>
> – Mesmo que no fim tudo se perca e venha a ser destruído?

Mesmo assim você acha que devemos seguir nossas próprias ideias?

Olhei para o céu, para a lua, que era tão diferente da Terra e disse:

– E existe outra maneira? (FIGUEIREDO, 1976e, p. 121-122)

* * *

Entre 1976 e 1977, a Ediouro imprimiu um total de estimados 94.000 exemplares (Figura 3) para os onze títulos, incluindo uma tiragem em formato Duplo em Pé para *Dico e Alice e a Armadilha no Tempo*. Os livros originalmente assinados com o pseudônimo José M. Lemos (Figueiredo não se recorda de ter tido qualquer ingerência ou participação na criação da alcunha) seriam reeditados, em 1985 (mais exatamente, a partir de dezembro de 1984), em nova edição com outro *design*, em formato Super Bolso, para um total de 36.000 cópias adicionais (essas já identificando Figueiredo como o autor), elevando a tiragem geral da série para 130.000 brochuras. De grande interesse é a prova de que, ao reeditar os livros originais dos anos 1970, a editora se deparou com o repositório dos nada menos que dez livros adicionais e fez planos para trazê-los a público, o que acabou não se concretizando. Nas páginas finais da reedição dos três últimos episódios (*Dico e Alice e Talassa, a Ilha no Fundo do Mar*, *Dico e Alice e o Pajé Misterioso* e *Dico e Alice e a Armadilha no Tempo*), um anúncio de página inteira (Figura 4) apresentava a série em todos os seus... vinte e um volumes!

Publicados originalmente com belíssimas e sugestivas capas de Noguchi (Figura 5) e ilustrações de Teixeira Mendes, todos os livros receberam indicação etária para crianças a partir de 9 anos.

Figura 3 – Detalhe de capa com dados de tiragem para *Dico e Alice no Triângulo das Bahamas*

Figura 5 – Arte original de Noguchi para
Dico e Alice e o Cérebro de Pedra

Dico e Alice

Esta série conta as aventuras de dois irmãos, Dico e Alice, que adoravam a vida à beira-mar; morando no bairro de Ipanema, no Rio de Janeiro, eles tinham verdadeira paixão pelo mar e eram exímios surfistas. Sempre acompanhados pelo pai, eles viajam por todas as cidades do mundo onde são envolvidos em sensacionais peripécias. Graças à inteligência, vivacidade e sangue-frio eles conseguem escapar de todos os perigos e armadilhas.

Volumes da Série Dico e Alice

Dico e Alice...

64401 e o Último dos Atlantes
44402 no Triângulo das Bahamas
24403 Arecibo Chamando...
14404 e os Fenícios do Piauí
94405 e o Yeti do Himalaia
74406 e a Ilha da Diaba
54407 em Atacama, o Deserto da Morte
34408 e o Cérebro de Pedra
14409 e Talassa, a Ilha no Fundo do Mar
54410 e o Pagé Misterioso
34411 e a Armadilha no Tempo
14412 a Cavalo nos Pampas
94413 e a Aventura no Beluschistão
84414 e Mãe Gangana, a Terrível
64415 e a Ecoexplosão
44416 e o Rei do Mundo
24417 e a Planta Maluca
14418 e a Floresta Petrificada
94419 e o Veleiro Negro
24420 e a Guerra de Nervos
14421 e a Viagem ao Futuro

Figura 4 – Anúncio sobre a série *Dico e Alice* que inclui os 10 volumes nunca editados

Dico e Alice e a aventura no Beluchistão: repúdio às touradas e complexas intrigas armadas internacionais

Bem mais movimentada (embora menos fantasiosa) que o episódio anterior (*Dico e Alice a cavalo nos pampas*, AVEC Editora, 2022), esta *...aventura no Beluchistão* tem um certo sabor de dois-em-um: o começo da aventura, em Sevilha, na Espanha, não tem maiores implicações no restante da aventura (com exceção da deixa para falar sobre o efeito da adrenalina no corpo humano) e serve, mais do que tudo, para Figueiredo apresentar ao público de sua série a cultura das touradas, em toda sua glória e... crueldade. Confrontados com o sofrimento por que passam os animais, Dico e Alice rapidamente repudiam toda a experiência, em uma posição que, na grande imprensa e literatura comparável, só se veria igual muitos anos depois.

> – Parece que não gostaram da corrida! – ele falou. (...) – É uma pena (...) a tourada é uma coisa soberba, um espetáculo um pouco forte... devo admitir.
>
> – É mais que isso... – respondeu Alice. – é uma morte... uma carnificina... matar o pobre animal daquele jeito. E depois, quando o toureiro vai mesmo em cima dele, o bicho já está mal das pernas, de tanto que ficam enfiando coisas nele... (...)
>
> – Bem... acho que vocês não entenderam... – o espanhol replicou.
>
> – Eu entendi bem – Alice estava chateada, falando. – eu entendi bem: os homens ainda estão muito próximos dos animais ou nem isso! porque ninguém vê um animal matando o outro somente para se divertir... como aquele monte de gente lá na arena... se divertindo com a violência, com a morte... isso é o mal da humanidade... (FIGUEIREDO, 1976b, p. 34-35)

Não importam os argumentos de Dom Pedro de La Virgen Corzon Thiago Ledesma José Maria Paco y Antunes, o dono da fazenda em que se hospedavam. Os irmãos rapidamente aproveitam a deixa para partir em busca de novas aventuras, iniciando uma viagem ao Afeganistão (que rende bons trechos explicando o funcionamento do Canal de Suez) em pouco tempo interrompida por um ataque de tropas "paquistanesas" revolucionárias!

É impressionante a coragem de Carlos Figueiredo ao incluir tais episódios em sua narrativa voltada a crianças, em particular considerando-se a época de publicação planejada. Ao serem posteriormente capturados por guerrilheiros beluchis (naturais do Beluchistão, província do Paquistão), Dico e Alice ficam sabendo que os beluchis buscavam se separar do Paquistão e, para isso, contavam com o apoio das forças afegãs (para quem prometiam, em troca, um caminho para o mar). Em um país conflagrado como o Brasil dos anos 1970, ainda tocado pelo tacão da ditadura militar, falar em guerrilhas e revoluções não era das coisas mais auspiciosas, mesmo que nas páginas de livros de bolso infantis (e não surpreende que o livro tenha precisado esperar tanto para ser publicado!). Basta lembrar o episódio que documentamos em nosso trabalho sobre a Mister Olho, *Livros de bolso infantis em plena ditadura militar* (AVEC, 2022), acerca do primeiro livro da coleção, *Rebeliões em Kabul*, que tem, a mando da diretoria da editora, todo seu estoque destruído e título e capa trocados por versões menos "perigosas": *Nelly no fim do mundo*. (NAHOUM, 2022).

Sobre os materiais de produção encontrados junto aos originais já em fotocomposição (Figuras 6 e 7), no agora inacessível arquivo da Ediouro, sobraram da abortada edição de *Dico e Alice e a aventura no Beluchistão* da década de 1970 uma ficha de produção (Figura 8) com datas e outras informações de interesse, a arte-final para a capa e contracapa da versão de bolso (Figura 9) e a ilustração colorida original de Noguchi (sobre a qual Tibúrcio se baseou para a capa desta edição, a nosso pedido; Figura 10).

Embora os desenhos propriamente ditos de Mendes para o livro não tenham sobrevivido, sabemos pela arte-final preservada que eles seriam oito, como de costume. Além disso, uma cópia heliográfica do livro completo (Figura 11) possibilitou que fizéssemos, via *software* de manipulação de imagens, versões positivas dos desenhos de Teixeira (Figuras 12, 13, 14, 15, 16, 17, 18, 19) que, se não estão com qualidade ideal, pelo menos permitem que vislumbremos o que teria sido o livro, na época de sua concepção original.

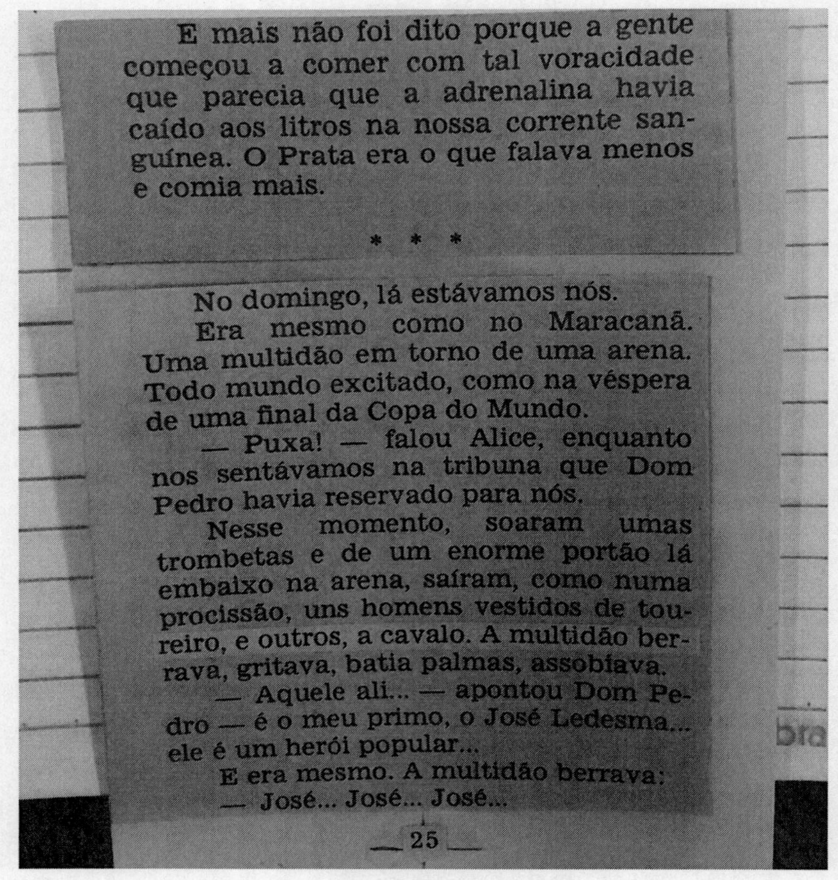

E mais não foi dito porque a gente começou a comer com tal voracidade que parecia que a adrenalina havia caído aos litros na nossa corrente sanguínea. O Prata era o que falava menos e comia mais.

* * *

No domingo, lá estávamos nós.

Era mesmo como no Maracanã. Uma multidão em torno de uma arena. Todo mundo excitado, como na véspera de uma final da Copa do Mundo.

— Puxa! — falou Alice, enquanto nos sentávamos na tribuna que Dom Pedro havia reservado para nós.

Nesse momento, soaram umas trombetas e de um enorme portão lá embaixo na arena, saíram, como numa procissão, uns homens vestidos de toureiro, e outros, a cavalo. A multidão berrava, gritava, batia palmas, assobiava.

— Aquele ali... — apontou Dom Pedro — é o meu primo, o José Ledesma... ele é um herói popular...

E era mesmo. A multidão berrava:

— José... José... José...

25

Figura 6 – Arte-final da página 25

Figura 7 – Maço com artes-finais para versão de bolso

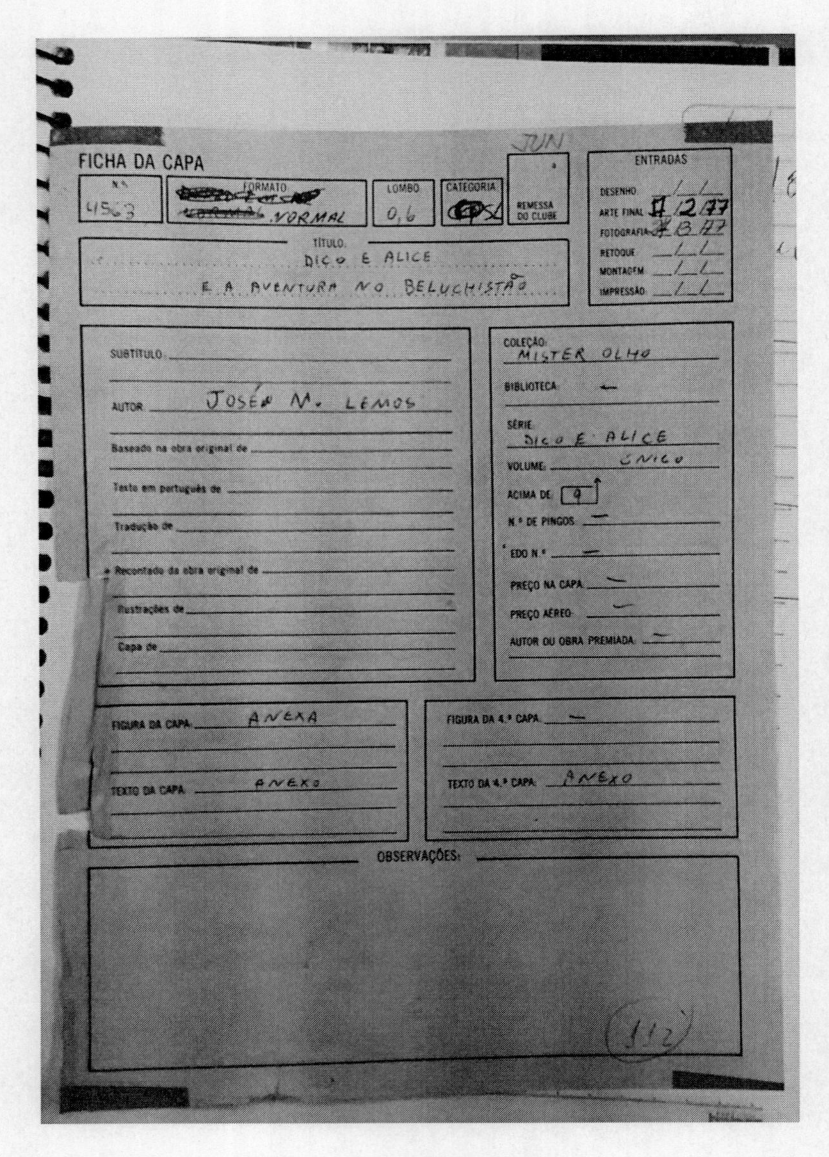

FICHA DA CAPA

N.º 4563

FORMATO: NORMAL

LOMBO: 0,6

CATEGORIA

REMESSA DO CLUBE

ENTRADAS
DESENHO
ARTE FINAL
FOTOGRAFIA
RETOQUE
MONTAGEM
IMPRESSÃO

TÍTULO: DICO E ALICE E A AVENTURA NO BELUCHISTÃO

SUBTÍTULO:

AUTOR: JOSÉ M. LEMOS

Baseado na obra original de

Texto em português de

Tradução de

Recontado da obra original de

Ilustrações de

Capa de

COLEÇÃO: MISTER OLHO

BIBLIOTECA:

SÉRIE: DICO E ALICE

VOLUME: ÚNICO

ACIMA DE: 9

N.º DE PINGOS:

EDO N.º

PREÇO NA CAPA:

PREÇO AÉREO:

AUTOR OU OBRA PREMIADA:

FIGURA DA CAPA: ANEXA

TEXTO DA CAPA: ANEXO

FIGURA DA 4.ª CAPA:

TEXTO DA 4.ª CAPA: ANEXO

OBSERVAÇÕES:

112

Figura 8 – Ficha de produção

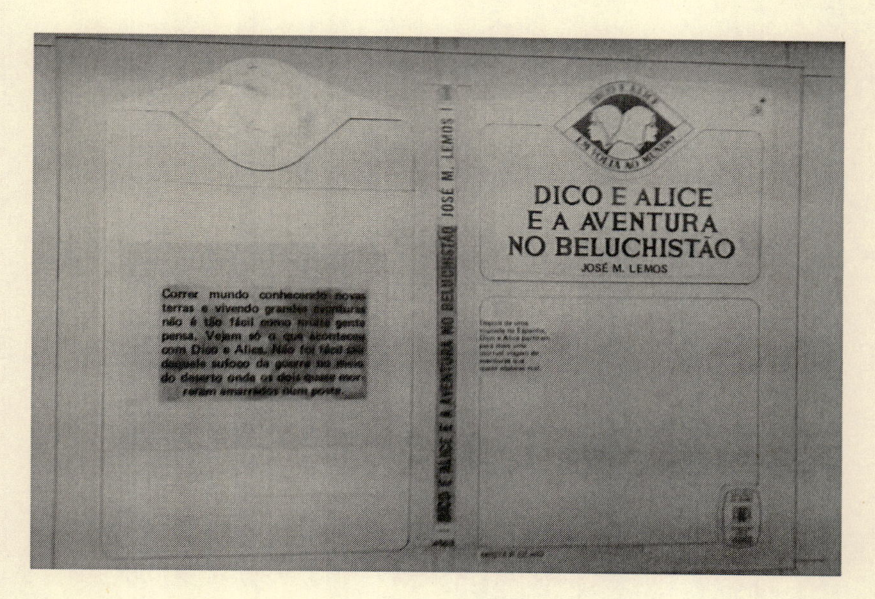

Figura 9 – Arte-final da capa

Figura 10 – Ilustração de capa original de Noguchi

[illegible]

— Ora... como é que ele vai saber se eu estou com me... — mas, não pude terminar a frase: um touro imenso, bufando como uma locomotiva, arremessou-se contra nós, numa fúria despedaçadora.

"Mamãezinha!", pensei, "se essa fera me pega! vou virar resto de açougue!"

Todo mundo chispou, correndo. A gente estava num belo pasto verde, numa fazenda especializada em criar touros de raça para touradas, em Sevilha, na Espanha. E aquela montanha de carne que vinha em nossa direção como uma avalanche, era de fato um legítimo puro-sangue!

Que fazer? eu era o último. Papai e Alice já estavam bem perto da cerca. Mas, não eu. A fera ia mesmo me pegar antes que eu chegasse lá, não importava a velocidade com que eu conseguisse correr.

Era preciso algo mais do que somente sair correndo.

12

Figura 11 – Cópia heliográfica de *Dico e Alice e a aventura no Beluchistão*

Figura 12 – Ilustração 1 de Teixeira Mendes

Figura 13 – Ilustração 2 de Teixeira Mendes

Figura 14 – Ilustração 3 de Teixeira Mendes

Figura 15 – Ilustração 4 de Teixeira Mendes

Figura 16 – Ilustração 5 de Teixeira Mendes

Figura 17 – Ilustração 6 de Teixeira Mendes

Figura 18 – Ilustração 7 de Teixeira Mendes

Figura 19 – Ilustração 8 de Teixeira Mendes

É outro imenso prazer trazer a público mais essa aventura inédita dos jovens *hippies* setentistas de Carlos Figueiredo, campeões juvenis contra tantas formas de opressão e caretice, vozes precoces e pioneiras que sempre se levantaram contra a destruição do meio ambiente, contra a guerra e a crueldade animal, ao mesmo tempo em que seu autor, generosamente, ainda encontrava espaço para apresentar a seus jovens leitores um colorido caleidoscópio de culturas, visões e vivências que os ajudaria a enxergar melhor seu próprio mundo.

Silva Jardim, maio de 2023;
e Maricá, janeiro de 2024

REFERÊNCIAS

FIGUEIREDO, Carlos (sob o pseudônimo de José M. Lemos). **Dico e Alice a Cavalo nos Pampas**. Rio de Janeiro: Tecnoprint, 1976a. Manuscrito inédito.

_____ (sob o pseudônimo de José M. Lemos). **Dico e Alice e a Aventura no Beluchistão.** Rio de Janeiro: Tecnoprint, 1976b. Manuscrito inédito.

_____ (sob o pseudônimo de José M. Lemos). **Dico e Alice e o Rei do Mundo**. Rio de Janeiro: Tecnoprint, 1976c. Manuscrito inédito.

_____ (sob o pseudônimo de José M. Lemos). **Dico e Alice e a Planta Maluca**. Rio de Janeiro: Tecnoprint, 1976d. Manuscrito inédito.

_____ (sob o pseudônimo de José M. Lemos). **Dico e Alice e a Floresta Petrificada**. Rio de Janeiro: Tecnoprint, 1976e. Manuscrito Inédito.

_____ (sob o pseudônimo de José M. Lemos). **Dico e Alice e o Veleiro Negro**. Rio de Janeiro: Tecnoprint, 1976f. Manuscrito inédito.

_____. **Contato para entrevista sobre série *Dico e Alice*.** [*online*] Mensagem pessoal enviada para o autor. 19 de novembro de 2014a.

_____. **Contato para entrevista sobre série *Dico e Alice*.** [*online*] Mensagem pessoal enviada para o autor. 25 de dezembro de 2014b.

_____. **Agradecimento.** [*online*] Mensagem pessoal enviada para o autor. 10 de setembro de 2018.

_____. Prefácio. In: **Dico e Alice a cavalo nos pampas.** Porto Alegre: AVEC Editora, 2022.

FRAGA, Pietra. Neville D'Almeida: da liberdade à estética do deslimite. In: **Arte Capital** [revista eletrônica]. Disponível em: <https://www.artecapital.net/ entrevista-155-neville-d-almeida>. Acesso em: 10 set. 2018.

NAHOUM, Leonardo. **Livros de bolso infantis em plena ditadura militar: a insuperável Coleção *Mister Olho* (1973-1979) em números, perfis e análises.** Porto Alegre: AVEC Editora, 2022.

SOBRE A ORGANIZAÇÃO E EDIÇÃO DOS ORIGINAIS

As artes-finais de *Dico e Alice e a aventura no Beluchistão*, encontradas durante nossas pesquisas de mestrado e doutorado, já refletiam o trabalho de edição da Ediouro para o romance de Carlos Figueiredo. O datiloscrito não constava mais dos arquivos, mas sim as páginas preparadas em fotocomposição e recorta-e-cola manual. Os desenhos em preto e branco de Teixeira Mendes para o miolo não faziam parte do material sobrevivente, mas, em meio a alguns itens de produção, havia uma cópia heliográfica do livro montado (espécie de impressão arroxeada em negativo) na qual constavam os desenhos do grande desenhista. Com um programa de edição de imagens, foi possível gerar imagens "reversas" que deixam ver um pouco do que o livro original, nos anos 1970, teria trazido como ilustrações.

O livro, nesta edição da AVEC, ganhou prefácio do próprio autor, que completou 80 anos em dezembro de 2023, um texto autobiográfico onde este apresenta aos leitores sua trajetória, um posfácio de nossa autoria, e ilustração de capa de Tibúrcio (baseada na concepção original de 1977). A arte não aproveitada de Noguchi, porém, pode ser vislumbrada ao final do volume, em nosso texto sobre o *Beluchistão* e a série, assim como inúmeros documentos do processo editorial original.

SOBRE O AUTOR

Carlos Figueiredo escreveu a série *Dico e Alice* quando retornou ao Brasil, no final da década de 1970, depois de viajar durante anos de carona – viajou certa feita "no dedo" de Kabul a Londres –, trem, barco, navio, kombi, avião, ônibus e a pé, pela América do Sul, Europa, Norte da África e, várias vezes, pela chamada *Hippie Trail*, que ia da Europa até a Índia e o Nepal.

Sua inclinação à aventura foi despertada na infância, pelas histórias mirabolantes contadas nas noites de São Luís por sua tia Mimá, que terminaram tornando-o, na juventude, ávido leitor da coleção *Terramarear*, editada pela Companhia Editora Nacional. Stevenson, Kipling, Mayne Reid, Emílio Salgari, Edgar Rice Burroughs, Fenimore Cooper e Jules Verne incendiaram a sua imaginação. Seu temperamento aventureiro é o esteio da narrativa dessa coleção (e Alice, a heroína, foi inspirada pela irreverência da Emília do Sítio do Picapau Amarelo). Militante da chamada Revolução dos Costumes, que marca a segunda metade do século passado, seu ousado périplo pelo mundo foi temperado por uma alma de poeta, que nos deu, até o presente, dois livros de poesia – *Estranha Desordem* (Paz e Terra) e *Goliardos, os beatniks do século XII* (Lazulli), e ainda um outro – *A arquitetura da ausência* – pronto para publicação.

Independente do mérito que os seus textos voltados para o público infantojuvenil possam ter, Carlos Figueiredo considera o estímulo à imaginação, à ideia da insubmissão, principalmente na época da Ditadura, quando os livros de *Dico e Alice* foram publicados, a boa semente do seu trabalho. Difícil discordar.

Na série, um rei absolutista que só admitia tons de branco nas paredes das casas, nas roupas, nos quadros dos pintores é derrotado pela Revolução das Cores. Outro, que tentava controlar seu mundo submarino com robôs, tem um final merecido, tornando-se um robô avariado. Na Amazônia, indígenas escravizados se revoltam e expulsam os exploradores.

Seu texto, quase sempre cercado de uma boa dose de humor, deixa plantada a semente da Liberdade.

Além da série *Dico e Alice* e dos dois livros de poesia acima mencionados, publicou três coletâneas *100 Poemas Essenciais da Língua Portuguesa*, *100 Discursos Históricos* e *100 Discursos Históricos Brasileiros* (Editora Leitura).

Seu último trabalho, que se encontra pronto para edição, *Memórias de um hóspede*, narra a sua vida de aventuras pelo mundo, no autoexílio da Ditadura.

Carlos Figueiredo tem, ainda, uma folha de serviços prestados, desde o seu retorno, na luta pela redemocratização. Na virada da década de 1970/1980 mudou-se do Rio de Janeiro, onde ficara ao retornar ao Brasil, para São Paulo e passou a militar na política nacional, como colaborador de Franco Montoro, tendo participado da coordenação da série de eventos que culminaram no histórico comício do Vale do Anhangabaú em abril de 1984. A convite do então Governador Franco Montoro, ocupou, no final de sua Administração, o cargo de Secretário Estadual da Participação e Descentralização.

Depois de comemorar – em 2023 – 80 anos, o autor vive no presente entre Trancoso, no sul da Bahia, e São Luís do Maranhão, onde faz companhia à sua mãe, que completou, em novembro de 2023, 104 anos. Para encerrar esta autoapresentação, uma palavra do autor:

Depois de tatear, depois de muitas idas e vindas, descobri, no livro A fragilidade da bondade, *da filósofa americana Martha Nussbaum, um princípio, que considero o Norte da nossa ação na interação com o mundo:* ***a diminuição do sofrimento desnecessário.***

Dor, tragédia, angústia e desespero há sempre de pintar por aí. Mas há uma quota dessas agruras que não se deve à fatalidade. Há uma parte, talvez a maior parte, desse sofrimento humano que se deve à mesquinhez, ao preconceito, à ganância. Mais que outra, essa ideia de lutar pela diminuição do sofrimento desnecessário me parece que nos liberta de ideologias tacanhas, de crenças, e situa um ideal que pode nos irmanar, de forma ampla, lúcida e livre. Peço que reflitam sobre isso.

SOBRE O ORGANIZADOR

Leonardo Nahoum é professor de Língua Portuguesa e Literaturas nas redes municipais de Rio das Ostras e Silva Jardim, pós-doutorando e doutor em literatura comparada pela Universidade Federal Fluminense, mestre em estudos literários, jornalista e licenciado em Letras. Autor dos volumes *Livros de bolso infantis em plena ditadura militar* (AVEC, 2022) e *Histórias de Detetive para Crianças* (Eduff, 2017), da *Enciclopédia do Rock Progressivo* (Rock Symphony, 2005) e de *Tagmar* (primeiro *role-playing game* brasileiro; GSA, 1991), dirige, ainda, o selo musical Rock Symphony, com mais de 120 CDs e DVDs editados, e dedica-se a pesquisas no campo da literatura infantojuvenil de gênero (*genre*, não *gender*), com foco em escritores como Hélio do Soveral, Ganymédes José, Gladis N. Stumpf González e, claro, Carlos Figueiredo.

AVEC
EDITORA

Impressão e acabamento